Selma Lagerlöf

Der Ring des Generals

Roman

Übersetzt von Marie Franzos

Selma Lagerlöf: Der Ring des Generals. Roman

Übersetzt von Marie Franzos.

Löwensköldska ringen. Erstdruck: 1925. Hier in der Übersetzung von
Marie Franzos, München, Albert Langen, 1925.

Neuausgabe
Herausgegeben von Karl-Maria Guth
Berlin 2016

Umschlaggestaltung von Thomas Schultz-Overhage unter Verwendung
des Bildes: Gyula Derkovits, Alter Friedhof, 1922

Gesetzt aus der Minion Pro, 11 pt

Verlag: Henricus - Edition Deutsche Klassik GmbH
Mörchinger Str. 33, 14169 Berlin, info@henricus-verlag.de
Druck: Libri Plureos GmbH, Friedensallee 273, 22763 Hamburg

ISBN 978-3-8430-9294-4

Bibliografische Information der Deutschen Nationalbibliothek

Die Deutsche Nationalbibliothek verzeichnet diese Publikation in der
Deutschen Nationalbibliografie; detaillierte bibliografische Daten sind
im Internet über www.dnb.de abrufbar.

1.

Wohl weiß ich, daß es früher einmal Leute genug gab, die nicht wußten, was das Gruseln heißen will. Ich habe von einer ganzen Menge Menschen gehört, die es liebten, über hauchdünnes Eis zu wandern, und die sich kein größeres Vergnügen denken konnten, als mit tollen Pferden zu kutschieren. Ja, es gab auch den einen oder den anderen, der nicht davor zurückscheute, mit dem Fahnenjunker Ahlegard Karten zu spielen, obgleich man wußte, er machte solche Kunststücke mit den Karten, daß er immer gewinnen mußte. Ich kenne auch einige unerschrockene Gesellen, die sich nicht fürchteten eine Reise an einem Freitag anzutreten, oder sich an einen Mittagstisch zu setzen, der für dreizehn Personen gedeckt war. Aber ich möchte gerne wissen, ob einer von all jenen den Mut gehabt hätte, sich den schrecklichen Ring an den Finger zu stecken, der dem alten General Löwensköld auf Hedeby gehört hatte.

Es war dies derselbe General, der den Löwenskölds Namen, Haus und Hof und den Adel verschafft hatte; und solange einer von ihnen in Hedeby wohnte, hing sein Bildnis in dem großen Salon im oberen Stockwerk mitten zwischen den Fenstern. Es war ein großes Gemälde, das vom Boden bis zur Decke reichte; und auf den ersten Blick glaubte man, es sei Karl XII. selbst, in höchsteigener Person, der da stand, im blauen Rock, großen Sämischlederhandschuhen und ungeheueren Stulpenstiefeln, fest auf den schachbrettgemusterten Boden aufgesetzt; aber wenn man näher kam, sah man ja, daß es ein Mann von ganz anderem Schlage war.

Es war ein großes, grobes Bauerngesicht, das über den Rockkragen hervorblickte. Der Mann auf dem Bilde schien dazu geboren zu sein, all sein Lebtag hinter dem Pfluge einherzugehen. Aber bei all seiner Häßlichkeit sah er wie ein kluger, zuverlässiger und prächtiger Kerl aus. Wenn er zu unserer Zeit auf die Welt gekommen wäre, er wäre mindestens Schöffe und Gemeindevorsteher geworden, ja wer weiß, ob er nicht in den Reichsrat gekommen wäre. Aber da er in den Tagen des großen Heldenkönigs lebte, so zog er als armer Soldat in den Krieg, kehrte als der berühmte General Löwensköld heim und bekam von der Krone das Rittergut Hedeby im Kirchspiel Bro zum Lohn für seine Dienste.

Übrigens, je länger man das Porträt betrachtete, desto mehr versöhnte man sich mit seinem Aussehen. Man glaubte zu verstehen, daß die

Männer, die unter König Karls Befehl gestanden waren und ihm eine Furche durch Polen und Rußland gepflügt hatten, so gewesen sein mußten. Nicht nur Abenteurer und Hofkavaliere hatten sich ihm angeschlossen, sondern gerade solche schlichte und ernste Männer wie er hier auf dem Bilde waren ihm zugetan gewesen und hatten gefunden, daß er ein König war, für den man leben und sterben konnte.

Wenn man das Konterfei des alten Generals betrachtete, pflegte immer einer der Löwenskölds bei der Hand zu sein, um zu bemerken, es sei durchaus kein Zeichen der Eitelkeit bei dem General, daß er den Handschuh an der linken Hand so weit abgestreift hatte, daß der große Siegelring, den er am Zeigefinger trug, auf dem Bilde zum Vorschein kam. Er hatte den Ring vom König empfangen – für ihn gab es nur einen König –, und der Ring war mit auf das Bild gekommen, um zu zeigen, daß Bengt Löwensköld ihm treu war. Er hatte ja vielen bitteren Tadel gegen seinen Herrscher hören müssen, man erkühnte sich zu behaupten, daß er durch Unverstand und Übermut das Reich an den Rand des Abgrunds gebracht hatte, aber der General hielt jedenfalls an ihm fest. Denn König Karl war ein Mann, wie die Welt nie seinesgleichen gesehen, und wer in seiner Nähe gelebt hatte, der hatte erfahren, daß es schönere und höhere Dinge gibt, für die man kämpfen kann, als Ehre und Erfolg in dieser Welt.

Ganz so, wie Bengt Löwensköld den Königsring mit auf dem Konterfei haben wollte, so wollte er ihn auch mit ins Grab haben. Auch hierbei war keine Eitelkeit im Spiele. Es lag ihm nicht im Sinn, damit zu prahlen, daß er eines großen Königs Ring am Finger trug, wenn er vor den lieben Gott und die Erzengel hintrat, aber er hoffte vielleicht, daß, wenn er in den Saal kam, wo Karl XII. von all seinen Haudegen umgeben saß, der Ring als ein Wiedererkennungszeichen dienen würde, so daß er auch nach dem Tode in der Nähe des Mannes weilen durfte, dem er sein ganzes Leben lang gedient und gehuldigt hatte.

Als der Sarg des Generals in die gemauerte Grabkammer gestellt wurde, die er sich auf dem Broer Kirchhof hatte bereiten lassen, steckte der Königsring also noch am Zeigefinger der linken Hand. Viele unter den Anwesenden klagten darüber, daß ein solches Kleinod einem toten Manne ins Grab folgen sollte, denn der Ring des Generals war beinahe ebenso bekannt und berühmt wie er selbst. Man erzählte, es sei so viel Gold darin, daß es hingereicht hätte, Haus und Hof zu kaufen, und der rote Karneol, in den die Namenschiffre des Königs eingraviert war, sollte nicht weniger Wert haben. Man fand allgemein, daß es aller Ehren wert von den Söhnen war, sich dem Wunsche des Vaters nicht zu widersetzen und ihm das kostbare Stück zu lassen.

Wenn nun der Ring des Generals in Wirklichkeit so aussah, wie er auf dem Gemälde abgebildet war, so war er ein häßliches, plumpes Ding, das heutzutage wohl kaum ein Mensch an seinem Finger tragen möchte; aber das hindert nicht, daß er vor ein paar hundert Jahren ungeheuer wertgeschätzt wurde. Seht, man muß bedenken, alle Schmucksachen und Gefäße aus edlem Metall mit ganz wenigen Ausnahmen, hatten der Krone abgeliefert werden müssen, man hatte gegen Goertzens Taler und den Staatsbankrott zu kämpfen und für viele Menschen war Gold etwas, das sie vom Hörensagen kannten, aber das sie nie gesehen hatten. So kam es, daß die Leute den goldenen Ring nicht vergessen konnten, der zu niemandes Nutzen und Frommen unter einen Sargdeckel gelegt worden war. Man meinte beinahe, es sei unrecht, daß er da lag. Man hätte ihn ja in fremden Ländern um teures Geld verkaufen und so manchem Brot verschaffen können, der nichts anderes zu brechen und zu beißen hatte, als Häcksel und Rinde.

Aber obgleich es viele gab, die gewünscht hätten, daß die große Kostbarkeit in ihrem Besitz wäre, gab es keinen, der im Ernst daran dachte, sie sich anzueignen. Der Ring lag in einem zugeschraubten Sarg, in einem vermauerten Grabkeller, unter schweren Steinplatten, unerreichbar selbst für den kühnsten Dieb, und so, meinte man, müsse es verbleiben bis ans Ende aller Tage.

2.

Im Jahre 1741 im Monat März war der Generalmajor Bengt Löwensköld im Herrn entschlafen, und im selben Jahre einige Monate später begab es sich, daß ein kleines Töchterchen des Rittmeisters Göran Löwensköld, des ältesten Sohnes des Generals, der jetzt in Hedeby wohnte, an der roten Ruhr starb. Es wurde an einem Sonntag gleich nach dem Gottesdienst begraben, und alle Kirchenbesucher folgten dem Leichenzug zu dem Löwensköldschen Grabe, wo die zwei gewaltigen Grabplatten schräg aufgestellt waren. Die Wölbung darunter war von einem Maurer aufgerissen worden, so daß man den Sarg des toten Kindleins neben den des Großvaters stellen konnte.

Während die Menschen um das Grab versammelt waren und den Grabreden lauschten, mag es wohl möglich sein, daß der eine oder andere an den Königsring dachte und bedauerte, daß er in einem Grabe verborgen liegen sollte, zu niemandes Nutzen und Frommen. Es gab auch vielleicht den einen oder anderen, der seinem Nachbar zuflüsterte, jetzt wäre es nicht so unmöglich, zu dem Ring zu kommen, da das Grab wahrscheinlich nicht vor dem nächsten Tag zugemauert werden würde.

Unter den vielen, die da standen und diese Gedanken im Kopfe hin- und herwälzten, war auch ein Bauer aus dem Mellomhof in Olsby, der Bard Bardsson hieß. Er gehörte keineswegs zu denen, die sich des Ringes wegen hatten graue Haare wachsen lassen. Im Gegenteil. Wenn jemand von dem Ring gesprochen hatte, war seine Antwort gewesen, er hätte einen so guten Hof, daß er den General nicht zu beneiden brauchte, und wenn er gleich einen Scheffel Gold mit in den Sarg genommen hätte.

Wie er nun so auf dem Friedhof stand, kam es ihm wie so vielen anderen in den Sinn, wie merkwürdig es doch war, daß man das Grab geöffnet hatte. Aber er war nicht froh darüber. Er war unruhig. »Der Rittmeister muß es doch schon heute nachmittag wieder instand setzen lassen«, dachte er. »Es gibt viele, die es auf diesen Ring abgesehen haben.«

Dies war ja eine Sache, die ihn gar nichts anging, aber wie es nun kam, so lebte er sich immer mehr und mehr in den Gedanken ein, daß es gefährlich sein konnte, das Grab über Nacht offen zu lassen. Man war nun im August, die Nächte waren dunkel, und wenn das Grab nicht noch an diesem Tage geschlossen wurde, konnte sich ein Dieb hinunterschleichen und sich den Schatz aneignen.

Er wurde von einer so großen Angst gepackt, daß er schon erwog, ob er nicht auf den Rittmeister zugehen und ihn warnen sollte; aber er wußte ja ganz gut, daß die Leute ihn für einfältig hielten, und er wollte sich nicht zum Gespött machen. »Freilich hast du in dieser Sache ganz recht«, dachte er, »aber wenn du dich gar zu eifrig zeigst, wirst du nur ausgelacht. Der Rittmeister, der ein so kluger Mann ist, hat sicherlich schon dafür gesorgt, daß das Loch wieder zugemauert wird.«

Er war so in diese Gedanken versunken, daß er gar nicht merkte, daß der Beerdigungsakt zu Ende war, sondern er blieb an dem Grabe stehen und wäre noch lange dagestanden, wenn nicht die Frau gekommen wäre und ihn am Rockärmel gezupft hätte.

»Was hast du denn?« sagte sie. »Du stehst ja da und starrst immerzu auf einen einzigen Fleck wie die Katze vor dem Mauseloch.«

Der Bauer zuckte zusammen, schlug die Augen auf und fand, daß er und die Frau allein auf dem Friedhof waren.

»Es ist nichts«, sagte er. »Ich stand nur da und es ging mir durch den Kopf ...«

Er hätte der Frau gerne gesagt, was ihm durch den Kopf ging, aber er wußte ja, daß sie viel klüger war als er. Sie hätte nur gefunden, daß er sich überflüssige Sorgen machte. Sie hätte gesagt, ob das Grab verschlossen wurde oder nicht, das sei eine Sache, die den Rittmeister anging und keinen anderen.

Sie machten sich auf den Heimweg, und als Bard Bardsson dem Friedhof den Rücken gekehrt hatte, hätte er ja den Gedanken an das Grab los sein müssen, aber so ging es nicht. Die Frau sprach vom Begräbnis: vom Sarg und den Trägern, von der Prozession und den Grabreden, und er warf hie und da ein Wort ein, um nicht merken zu lassen, daß er nichts wußte und nichts gehört hatte, aber bald klang die Stimme der Frau wie aus weiter Ferne. Das Gehirn begann die früheren Gedanken zu mahlen. »Heute ist Sonntag«, dachte er, »und vielleicht will der Maurer die Wölbung an einem Ruhetag nicht zumauern. Aber in diesem Fall könnte ja der Rittmeister dem Totengräber einen Taler geben, damit er über Nacht bei dem Grabe wacht. Wenn er doch nur auf diesen Gedanken käme!«

Auf einmal begann er laut mit sich selbst zu sprechen. »Ich hätte doch zu dem Rittmeister hingehen sollen. Ich hätte mir nichts daraus machen sollen, wenn mich die Leute ausgelacht hätten.«

Er hatte ganz vergessen, daß die Frau neben ihm einherging, aber er kam wieder zu sich, als sie plötzlich stehen blieb und ihn anstarrte.

»Es ist nichts«, sagte er, »nur diese selbe Sache, die mir schon immer im Kopf herumgeht.«

Damit setzten sie ihre Wanderung fort und bald waren sie in ihren eigenen vier Wänden.

Er hoffte, daß die unruhigen Gedanken ihn hier verlassen würden, und das hätten sie wohl auch, wenn er zu einer Arbeit hätte greifen können. Aber nun war ja Sonntag. Als die Leute im Mellomhof ihr Mittagsbrot gegessen hatten, ging ein jeder seiner Wege. Er blieb allein in der Hütte sitzen, und gleich kam dieses Grübeln wieder über ihn.

Nach einer Weile stand er von der Bank auf und ging hinaus und striegelte das Pferd, in der Absicht, nach Hedeby zu reiten und mit dem Rittmeister zu sprechen. »Sonst wird der Ring am Ende noch diese Nacht gestohlen«, dachte er.

Es kam doch nicht dazu, daß er Ernst mit der Sache machte. Er war zu schüchtern. Er ging anstatt dessen in einen Nachbarhof, um mit dem Bauer dort von seiner Unruhe zu sprechen, aber er traf ihn nicht allein, und wieder war er zu schüchtern, zu sprechen. Er kam unverrichteter Dinge nach Hause zurück.

Sobald die Sonne untergegangen war, legte er sich zu Bett und nahm sich vor, bis zum Morgen zu schlafen. Aber er fand keinen Schlaf. Die Unruhe kehrte zurück. Er drehte und wälzte sich nur im Bett hin und her.

Die Frau konnte natürlich auch nicht schlafen, und nach einiger Zeit wollte sie wissen, warum er so unruhig war.

»Es ist nichts«, antwortete er in der gewohnten Weise. »Es ist nur so eine Sache, die mir im Kopf herumgeht.«

»Ja, das hast du heute schon mehrmals gesagt«, sagte die Frau, »aber nun, meine ich, solltest du mir doch sagen, was dich beunruhigt. Du hast doch nicht so gefährliche Dinge im Kopf, daß du sie mir nicht anvertrauen kannst.«

Als Bard die Frau so sprechen hörte, bildete er sich ein, er würde schlafen können, wenn er ihr gehorchte.

»Ich liege nur da und möchte gerne wissen, ob das Grab des Generals wieder zugemauert worden ist«, sagte er, »oder ob es die ganze Nacht offenstehen soll.«

Die Frau lachte. »Daran habe ich auch gedacht«, sagte sie, »und ich glaube, daran wird jeder Mensch, der heute in der Kirche war, gedacht haben. Aber von so etwas wirst du dich doch nicht um den Schlaf bringen lassen.«

Bard war froh, daß die Frau die Sache so leicht nahm. Er fühlte sich ruhiger und glaubte, jetzt würde er schlafen können.

Aber kaum hatte er sich wieder zurechtgelegt, als die Unruhe zurückkehrte. Von allen Seiten, aus allen Hütten sah er Schatten geschlichen kommen, alle zogen in derselben Absicht aus, alle lenkten ihre Schritte nach dem Friedhof mit dem offenen Grabe.

Er versuchte still zu liegen, damit die Frau schlafen konnte, aber der Kopf schmerzte, und der Körper schwitzte. Er mußte sich unaufhörlich hin und her drehen.

Die Frau verlor die Geduld, und sie warf halb im Scherz hin:

»Lieber Mann, ich glaube wirklich, es wäre gescheiter, wenn du zum Friedhof hinuntergingest und nachsehen würdest, wie es mit dem Grab steht, als daß du hier liegst und dich von einer Seite auf die andere wälzest, und kein Auge zutun kannst.«

Kaum hatte sie zu Ende gesprochen, als der Mann aus dem Bett sprang und sich anzuziehen begann. Er fand, daß die Frau ganz recht hatte. Es war von Olsby nicht weiter als eine halbe Stunde zur Broer Kirche. In einer Stunde konnte er wieder da sein, und dann würde er die ganze Nacht schlafen können.

Aber kaum war er zur Türe hinaus, als die Frau sich sagte, daß es für den Mann doch unheimlich war, mutterseelenallein auf den Friedhof zu gehen, und sie sprang auch hastig auf und zog die Kleider an.

Sie holte den Mann auf dem Hügel unter Olsby ein. Bard lachte, als er sie kommen hörte.

»Kommst du, um nachzusehen, ob ich nicht den Ring des Generals stehle?« sagte er.

»O, du meine Güte«, sagte die Frau. »Das weiß ich wohl, daß du an so etwas nicht denkst, ich bin nur gekommen, um dir beizustehen, wenn du einem Friedhofsgespenst begegnen solltest.«

Sie schritten rüstig aus. Die Nacht war eingebrochen, und alles war schwarze Dunkelheit bis auf einen kleinen schmalen Lichtstreif am westlichen Himmel, aber sie kannten ja den Weg. Sie sprachen miteinander und waren guter Dinge. Sie gingen ja nur zum Friedhof hinunter, um zu sehen, ob das Grab offen stand, damit Bard nicht schlaflos dazuliegen und über diese Sache nachzugrübeln brauchte.

»Mir scheint es ganz unglaublich, daß die drüben in Hedeby so tollkühn sein sollten, den Ring nicht wieder einzumauern«, sagte Bard.

»Ja, darüber werden wir bald Klarheit haben«, sagte die Frau. »Wenn mich nicht alles trügt, ist das die Friedhofsmauer, die wir da neben uns haben.«

Der Mann blieb stehen. Er wunderte sich, daß die Stimme der Frau so fröhlich klang. Es konnte doch nicht möglich sein, daß sie bei dieser Wanderung eine andere Absicht hatte als er.

»Bevor wir in den Friedhof hineingehen«, sagte Bard, »sollten wir doch übereinkommen, was wir tun wollen, falls das Grab offen steht.«

»Ob es nun verschlossen oder offen ist, ich wüßte nicht, daß wir etwas anderes zu tun haben, als heimzugehen und uns niederzulegen.«

»Nein, natürlich. Da hast du ganz recht«, sagte Bard und setzte sich wieder in Gang.

»Es ist nicht zu erwarten, daß das Friedhofstor um diese Zeit offen steht«, sagte er gleich darauf.

»Das wohl nicht«, sagte die Frau. »Wir müssen schon über die Mauer kraxeln, wenn wir bei dem General vorsprechen und sehen wollen, wie es ihm geht.«

Wieder war der Mann erstaunt. Er hörte ein leichtes Rascheln von niederfallenden Steinchen und sah gleich darauf, wie sich die Gestalt der Frau von dem lichten Streif im Westen abzeichnete. Sie war schon auf der Mauer oben, und das war ja kein Kunststück, da sie nicht mehr als ein paar Fuß hoch war; aber es war doch seltsam, daß sie sich so eifrig zeigte und vor ihm hinaufgestiegen war. »Sieh her! Nimm meine Hand, dann will ich dir hinaufhelfen«, sagte sie.

Gleich darauf hatten sie die Mauer hinter sich und gingen still und vorsichtig zwischen all den kleinen Grabhügelchen weiter.

Einmal strauchelte Bard über ein Hügelchen und wäre fast gefallen. Es war ihm so, als hätte ihm jemand ein Bein gestellt. Er erschrak dermaßen, daß er zitterte, und er sagte ganz laut, damit all die Toten es hörten, wie gutgesinnt er war:

»Hier möchte ich nicht gehen, wenn ich in unrechter Absicht gekommen wäre.«

»Nein, nicht wahr!« sagte die Frau, »da hast du freilich recht. Aber weißt du, dort drüben haben wir schon das Grab.«

Er sah undeutlich die schräggestellten Grabplatten gegen den dunklen Nachthimmel.

Gleich darauf waren sie an dem Grabe angelangt, und sie fanden es offen. Das Grabgewölbe war nicht zugemauert.

»Das ist aber doch wirklich sehr fahrlässig«, sagte der Mann. »Das ist ja wie eigens gemacht, um all jene, die wissen, was für ein Schatz hier unten verborgen liegt, der schlimmsten Versuchung auszusetzen.«

»Sie verlassen sich wohl darauf, daß niemand einem Toten zu nahe treten will«, sagte die Frau.

»Es ist ja auch kein Spaß, sich in eine solche Grabkammer hinunterzuwagen«, sagte der Mann. »Hinunterzuspringen wäre ja nicht so schwer, aber dann bliebe man drunten sitzen wie der Fuchs in der Fuchsfalle.«

»Ich sah heute vormittag, daß sie eine kleine Leiter in das Grab gestellt hatten«, sagte die Frau, »aber die müssen sie doch wenigstens weggenommen haben.«

»Ich muß wahrhaftig nachsehen«, sagte der Mann und tastete zu dem offenen Grab hin. »Nein, denk dir nur!« rief er aus. »Das geht doch über alle Grenzen. Die Leiter steht noch da.«

»Das ist wohl sehr nachlässig«, stimmte die Frau bei. »Aber weißt du, ich finde, es macht nicht so sehr viel, daß die Leiter da steht. Denn er, der hier drunten in der Tiefe wohnt, kann das Seinige schon verteidigen.«

»Wenn ich das nur sicher wüßte«, sagte der Mann. »Vielleicht sollte ich doch wenigstens die Leiter wegstellen.«

»Ich glaube nicht, daß wir irgend etwas beim Grabe berühren sollen«, sagte die Frau. »Es ist am besten, wenn der Totengräber morgen das Grab genau so findet, wie er es verlassen hat.«

Sie standen da und starrten in das schwarze Loch hinunter, unentschlossen und ratlos. Sie hätten ja jetzt nach Hause gehen sollen, aber irgend etwas Geheimes, etwas, was keines von ihnen auszusprechen wagte, hielt sie zurück.

»Ja, freilich könnte ich die Leiter stehen lassen«, sagte Bard schließlich, »wenn ich nur sicher wüßte, daß der General die Macht hat, die Diebe fernzuhalten.«

»Du kannst ja ins Grab hinuntersteigen, dann wirst du schon sehen, welche Macht er hat«, sagte die Frau.

Es war, als hätte Bard nur auf diese Worte seiner Frau gewartet. Im Nu war er bei der Leiter und unten im Grabgewölbe.

Aber kaum stand er auf dem Steinboden der Grabkammer, als er ein Knacken der Leiter hörte und merkte, daß die Frau ihm nachkam.

»So so, du kommst mir auch hierher nach«, sagte er.

»Ich traue mich nicht, dich hier unten mit dem Toten allein zu lassen.«

»Ach, ich glaub' gar nicht, daß er so gefährlich ist«, sagte der Mann. »Ich spüre keine kalte Hand, die mir das Leben auspressen will.«

»Ja, sieh, er will uns wohl nichts zuleide tun«, sagte die Frau. »Er weiß ja, daß wir nicht daran denken, den Ring zu stehlen, aber eine andere Sache wäre es natürlich, wenn wir zum Spaß versuchen wollten, den Sargdeckel abzuschrauben.«

Sofort tappte der Mann zum Sarg des Generals hin und begann den Deckel abzutasten. Er fand eine Schraube, die ein kleines Kreuzchen an der Spitze hatte.

»Alles hier ist förmlich für einen Dieb zurechtgelegt«, sagte er, indem er die Sargschrauben vorsichtig und dabei behend aufzudrehen begann.

»Spürst du nichts?« fragte die Frau. »Merkst du nicht, daß sich unter dem Sargdeckel etwas regt?«

»Hier ist es so still wie im Grab«, sagte der Mann.

»Er glaubt wohl nicht, daß wir ihm das nehmen wollen, woran er am meisten hängt«, sagte die Frau. »Eine andere Sache wäre es, wenn wir den Sargdeckel abheben würden.«

»Ja, aber dabei mußt du mir helfen«, sagte der Mann.

Sie hoben den Deckel in die Höhe, und nun gab es keine Möglichkeit mehr, der Sehnsucht nach dem Schatz Einhalt zu tun. Sie lösten den Ring von der welken Hand, legten den Deckel zurück, und schlichen sich ohne ein weiteres Wort aus dem Grab hinauf. Sie nahmen sich bei der Hand, als sie über den Friedhof gingen, und erst nachdem sie über die niedere Steinmauer geklettert waren und unten auf dem Wege standen, wagten sie etwas zu sprechen.

»Jetzt fange ich an zu glauben«, sagte die Frau, »daß er es so haben wollte. Er hat eingesehen, daß es nicht recht von einem toten Manne ist, ein solches Kleinod zu behalten, und darum hat er es uns gutwillig gegeben.«

Da lachte der Mann hell auf.

»Ja, das machst du gut, du«, sagte er. »Nein, das wirst du mir nicht weismachen, daß er ihn uns gutwillig gelassen hat. Aber er hatte eben nicht die Macht, uns zu hindern.«

»Weißt du«, sagte die Frau, »heute nacht bist du wirklich tapfer gewesen. Es gibt nicht viele, die sich in das Grab zum General hinuntergewagt hätten.«

»Ich habe nicht das Gefühl, als ob ich etwas Unrechtes getan hätte«, sagte der Mann. »Einem Lebenden habe ich nie auch nur einen Taler genommen, aber was sollte es schaden, einem Toten etwas zu nehmen, was er gar nicht braucht?«

Sie fühlten sich stolz und frohgemut, wie sie so einhergingen. Sie wunderten sich, daß niemand außer ihnen auf diesen Gedanken gekommen war. Bard sagte, er wolle nach Norwegen fahren und den Ring verkaufen, sobald sich nur eine Gelegenheit bot. Sie glaubten, sie würden so viel Geld dafür bekommen, daß sie sich nie mehr um diese Ware Sorgen zu machen brauchten.

»Aber«, sagte die Frau, und blieb plötzlich stehen, »was seh' ich denn da? Fängt es schon an zu tagen? Es sieht so hell im Osten aus.«

»Nein, das kann noch nicht die Sonne sein, die kommt«, sagte der Mann. »Das muß ein Feuer sein. Es sieht so aus, als wäre es in der Olsbyer Gegend. Wenn es nur nicht ...«

Ein lauter Schrei der Frau unterbrach ihn.

»Bei uns brennt es!« schrie sie. »Der Mellomhof brennt. Der General hat ihn angezündet. – – –«

Am Montag morgen kam der Totengräber in großer Eile nach Hedeby gestürzt, das ja in der unmittelbaren Nähe der Kirche liegt, um zu vermelden, daß sowohl er wie der Maurer, der das Grab wieder zumauern wollte, bemerkt hatten, daß der Deckel auf dem Sarg des Generals schief lag und die Schilder und Sterne, die ihn schmückten, verschoben waren.

Eine Untersuchung wurde augenblicklich vorgenommen. Man bemerkte sofort, daß große Unordnung in der Grabkammer herrschte und die Schrauben des Sarges gelockert waren. Als man den Deckel abhob, sah man auf den ersten Blick, daß der Königsring nicht mehr an seinem Platze am linken Zeigefinger des Generals war.

3.

Ich denke an König Karl XII., und ich suche mir zu vergegenwärtigen, wie man ihn liebte und fürchtete.

Denn ich weiß, daß es sich einmal in einem der letzten Jahre seines Lebens begab, daß er mitten während eines Gottesdienstes in die Karlstader Kirche kam.

Er war in die Stadt eingeritten, allein und unerwartet, und da er wußte, daß Gottesdienst war, ließ er das Pferd vor der Kirchentür stehen und ging den allgemeinen Weg durch das Wappenhaus hinein wie jeder andere.

Sowie er zur Türe hineingekommen war, sah er jedoch, daß der Prediger schon auf der Kanzel stand. Und um ihn nicht zu stören, blieb er da, wo er war. Er suchte sich nicht einmal einen Platz in einer Bank, sondern lehnte sich mit dem Rücken an den Türpfosten und hörte zu.

Aber obwohl er so unbemerkt hineingekommen war, und obwohl er sich unter dem Dunkel der Empore ganz still verhielt, war doch jemand in der hintersten Bank, der ihn erkannte. Es war vielleicht ein alter Soldat, der in den Feldzügen Arm oder Bein verloren hatte und vor Poltawa heimgeschickt worden war; der sagte sich, daß der Mann mit dem hinaufgekämmten Haar und der Hakennase der König sein müsse. Und in demselben Augenblick, in dem er ihn erkannte, erhob er sich.

Die Nachbarn in der Bank werden sich wohl gewundert haben, warum er aufstand, und da flüsterte er ihnen zu, daß der König in der Kirche war. Und unwillkürlich erhob man sich da in der ganzen Bank, wie man es zu tun pflegte, wenn Gottes eigenes Wort vom Altar oder der Kanzel verkündigt wurde.

Hierauf verbreitete sich die Neuigkeit von Bank zu Bank durch die ganze Kirche, und jeder Mensch, jung und alt, reich und arm, der Schwache wie der Gesunde, allesamt standen sie auf.

Dies war, wie gesagt, in einem der letzten Jahre von König Karls Leben, als Sorgen und Mißerfolge bereits begonnen hatten, und es vielleicht in der ganzen Kirche nicht einen Menschen gab, der nicht durch das Verschulden des Königs lieber Anverwandter beraubt war oder sein Vermögen eingebüßt hatte. Und wenn einer zufällig für sein eigen Teil nichts zu beklagen hatte, so brauchte er ja nur daran zu denken, wie verarmt das Land dalag, wie viele Provinzen verloren waren und wie das ganze Reich von Feinden umzingelt war.

Aber doch, aber doch! Man brauchte nur ein Flüstern zu hören, daß der Mann, den man oft und oft verflucht hatte, hier drinnen im Gotteshause stand, und schon erhob man sich.

Und stehen blieb man. Da war keiner, der daran dachte, sich niederzusetzen. Das konnte man nicht. Der König stand dort unten an der Kirchentür, und solange er stand, mußten sie alle stehen. Wenn einer sich gesetzt hätte, würde er ja dem König Mißachtung bewiesen haben.

Die Predigt würde vielleicht lange dauern, aber das mußte man hinnehmen. Man wollte ihn dort an der Kirchentür nicht im Stiche lassen.

Er war ja eigentlich ein Soldatenkönig, und er war es gewohnt, daß seine Krieger gerne für ihn in den Tod gingen. Aber hier in der Kirche war er von schlichten Bürgern und Handwerkern umgeben, von gewöhnlichen schwedischen Männern und Frauen, die nie auf ein »Habt acht!« gehört hatten. Aber er brauchte sich nur unter ihnen zu zeigen, und sie waren in seiner Gewalt. Sie wären mit ihm gegangen, wohin er wollte, sie hätten ihm gegeben, was er wünschte, sie glaubten an ihn, sie beteten ihn an. In der ganzen Kirche dankten sie Gott für den Mann der Wunder, der Schwedens König war.

Wie gesagt, ich versuche mich in dies hineinzudenken, um zu verstehen, wie die Liebe zu König Karl die ganze Seele eines Menschen ausfüllen, wie sie sich in einem spröden, strengen, alten Herzen so einnisten konnte, daß alle Menschen erwarteten, daß sie auch noch nach dem Tode andauerte. – –

Wahrlich, nachdem es entdeckt worden war, daß man den Ring des Generals gestohlen hatte, wunderte man sich im Kirchspiel Bro am meisten darüber, daß jemand den Mut gehabt hatte, die Tat zu vollbringen. Man meinte, liebende Frauen, die mit dem Verlobungsring am Finger begraben worden waren, die hätten die Diebe ungestraft ausplündern können. Oder wenn eine Mutter mit einer Locke vom Haar ihres Kindes zwischen den Händen im Todesschlummer gelegen wäre, so hätte man sie ihr ohne Furcht entreißen können; oder wenn ein Priester mit der Bibel als Kopfkissen in den Sarg gebettet worden wäre, so hätte man sie ihm vermutlich ohne böse Folgen für den Schuldigen rauben können. Aber Karls XII. Ring vom Finger des toten Generals auf Hedeby zu rauben, das war ein Unterfangen, von dem man nicht begreifen konnte, daß ein vom Weibe Geborener sich daran gewagt hatte.

Natürlich wurden Nachforschungen angestellt, aber sie führten nicht zur Entdeckung des Schuldigen. Der Dieb war im Nachtdunkel gekommen und gegangen, ohne irgendeine Spur zu hinterlassen, die dem Suchenden einen Fingerzeig geben konnte.

Darüber verwunderte man sich wiederum. Man hatte ja von Verstorbenen gehört, die Nacht für Nacht umgegangen waren, um den Verüber eines weit geringeren Verbrechens zu bezeichnen.

Aber als man endlich erfuhr, daß der General den Ring keineswegs seinem Schicksal überlassen hatte, sondern, um ihn wiederzugewinnen, mit derselben grimmigen Unbarmherzigkeit kämpfte, die er gezeigt hätte, wenn der Ring ihm bei Lebzeiten gestohlen worden wäre, da nahm dies keinen Menschen im geringsten wunder. Niemand zeigte Mißtrauen, denn das war es ja gerade, was man erwartet hatte.

4.

Als der Ring des Generals schon mehrere Jahre verschwunden gewesen war, begab es sich eines schönen Tages, daß der Propst von Bro zu einem armen Bauer, Bard Bardsson auf die Olsbyalm gerufen wurde, der in den letzten Zügen lag und durchaus mit dem Propst selbst sprechen wollte, bevor er starb.

Der Propst war ein älterer Mann, und als er hörte, daß es sich darum handelte, einen Kranken aufzusuchen, der meilenweit weg im pfadlosen Walde wohnte, schlug er vor, der Vikar möge sich an seiner Statt hinbegeben. Aber die Tochter des Sterbenden, die mit der Botschaft gekommen war, sagte ganz bestimmt, der Propst müsse es sein oder keiner. Der Vater ließe sagen, er habe etwas zu erzählen, was nur der Propst, aber sonst niemand auf Erden erfahren dürfe.

Als der Propst dies hörte, begann er seine Erinnerungen zu durchforschen. Bard Bardsson war ein braver Mann gewesen. Allerdings ein bißchen einfältig, aber deswegen brauchte er sich doch nicht auf seinem Totenbette zu ängstigen. Ja, nach Menschenweise gesehen, würde der Propst sagen, daß er einer von jenen war, die eine Forderung an unseren Herrgott hatten. In den letzten sieben Jahren war er von allen erdenklichen Leiden und Unglücksfällen heimgesucht worden. Der Hof war ihm abgebrannt, das Vieh war an Krankheit eingegangen oder von wilden Tieren zerrissen worden, der Frost hatte die Felder verheert, so daß er arm geworden war wie Hiob. Schließlich war die Frau über all dies Unglück so verzweifelt, daß sie ins Wasser gegangen war, und Bard selbst war auf eine Alm hinaufgezogen, die das einzige war, was er noch sein eigen nannte. Seit jener Zeit hatte weder er selbst, noch seine Kinder sich in der Kirche blicken lassen. Man hatte öfters im Pfarrhof darüber gesprochen und gezweifelt, ob sie wohl noch im Kirchspiel waren.

»Wenn ich deinen Vater recht kenne, so hat er kein so arges Verbrechen begangen, daß er es nicht dem Vikar anvertrauen könnte«, sagte der Propst und sah Bard Bardssons Tochter mit einem wohlwollenden Lächeln an.

Sie war ein vierzehnjähriges Ding, aber groß und stark für ihr Alter. Das Gesicht war breit, und die Züge waren grob. Sie sah ein bißchen einfältig aus wie der Vater, aber kindliche Unschuld und Treuherzigkeit erhellte das Gesicht.

»Der hochwürdige Herr Propst fürchtet sich doch nicht vor dem Starken Bengt, daß er sich deshalb nicht traut, zu uns zu kommen?« fragte sie.

»Was sagst du da, Kind?« gab der Propst zurück. »Was ist das für ein Starker Bengt, von dem du sprichst?«

»Ach, das ist doch der, der macht, daß uns alles schief geht.«

»So so«, sagte der Propst, »so so, das ist einer, der der Starke Bengt heißt?«

»Weiß der hochwürdige Propst nicht, daß er es ist, der den Mellomhof angezündet hat?«

»Nein, davon habe ich noch nie etwas gehört«, sagte der Propst.

Aber zugleich erhob er sich von seinem Sitz und begann das Brevier und einen hölzernen Abendmahlskelch hervorzusuchen, den er bei seinen Versehgängen mitzunehmen pflegte.

»Er hat meine Mutter ins Wasser gejagt«, fuhr die Kleine fort.

»Ei der Tausend«, sagte der Propst, »lebt er noch, dieser Starke Bengt? Hast du ihn gesehen?«

»Nein, gesehen hab' ich ihn nicht«, sagte das Kind, »aber freilich lebt er. Seinetwegen mußten wir ja in den wilden Wald, in die Einöde hinaufziehen. Da haben wir Ruhe vor ihm gehabt, bis vorige Woche, da hat sich der Vater in den Fuß gehackt.«

»Und daran, meinst du, ist der Starke Bengt schuld?« fragte der Propst mit seiner allergleichmütigsten Stimme, aber er öffnete dabei die Türe und rief seinem Knecht zu, er möge das Pferd satteln.

»Der Vater hat gesagt, daß der Starke Bengt die Axt verzaubert hat, sonst hätte er sich nie damit geschnitten. Es war ja auch keine gefährliche Wunde. Aber heute hat der Vater gesehen, daß der kalte Brand in den Fuß gekommen ist. Er hat gesagt, daß er jetzt sterben muß, weil der Starke Bengt ihm den Garaus gemacht hat; und er hat mich hierher in den Pfarrhof geschickt und sagen lassen, der Herr Propst möchte selbst kommen, so bald er nur kann.«

»Ich werde auch kommen«, sagte der Propst. Er hatte, während das Mädchen sprach, den Reitmantel umgeworfen und den Hut aufgesetzt. »Aber weißt du, eins kann ich nicht verstehen«, sagte er, »warum dieser Starke Bengt es so scharf auf deinen Vater hat. Bard wird ihm doch nicht einmal zu nahe getreten sein?«

»Ja, das leugnet der Vater gar nicht«, sagte das Kind. »Aber er hat nie gesagt, was es ist, weder mir, noch meinem Bruder. Aber ich glaube, darüber will er jetzt mit dem hochwürdigen Herrn Propst sprechen.«

»Ja, wenn es so ist«, sagte der Propst, »dann können wir nicht rasch genug zu ihm kommen.«

Er hatte nun die Reithandschuhe angezogen und ging mit dem Mädchen aus dem Zimmer, um sich auf das Pferd zu setzen.

Auf dem ganzen Ritt zur Alm hinauf sprach der Propst kaum ein Wort. Er saß da und grübelte über dieses Merkwürdige nach, das das Kind erzählt hatte. Er für seine Person hatte nur einen Mann getroffen, den die Leute den Starken Bengt zu nennen pflegten. Aber es konnte ja auch sein, daß das Mädchen gar nicht von diesem, sondern von einem ganz anderen Menschen gesprochen hatte.

Als er auf die Alm kam, lief ihm ein junger Bursch entgegen. Das war Bard Bardssons Sohn, Ingilbert. Er war einige Jahre älter als die Schwester, großgewachsen wie sie und ihr auch in den Gesichtszügen ähnlich, aber er hatte tieferliegende Augen und sah nicht so treuherzig und gutmütig aus wie sie.

»Das war ein langer Ritt für den Herrn Propst«, sagte er, während er ihm vom Pferde half.

»Ach ja«, sagte der alte Mann, »aber es ist rascher gegangen als ich geglaubt hätte.«

»Eigentlich hätte ich den Herrn Propst abholen sollen«, sagte Ingilbert. »Aber ich war seit gestern abend draußen auf dem Fischfang. Eben erst, als ich nach Hause kam, erfuhr ich, daß der Vater den Brand im Fuß hat und daß man den Herrn Propst geholt hat.«

»Martha ist so gut wie ein Mann gewesen«, sagte der Propst. »Alles ist gut abgelaufen. Aber wie steht es jetzt mit Bard?«

»Recht schlecht. Aber er ist bei klarem Bewußtsein. Er hat sich gefreut, als ich ihm sagte, daß man den Herrn Propst schon am Waldesrand sieht.«

Der Propst ging nun zu Bard hinein, und die Geschwister setzten sich auf ein paar breite Steinplatten vor der Hütte und warteten. Sie fühlten sich feierlich gestimmt, und sie sprachen von dem Vater, der nun sterben sollte. Sie sagten, daß er immer gut zu ihnen gewesen war. Aber glücklich war er nicht gewesen, seit dem Tage, an dem der Mellomhof abgebrannt war; und so war es wohl am besten, wenn er aus diesem Leben scheiden konnte.

Wie sie so miteinander sprachen, sagte die Schwester, der Vater müsse doch etwas gehabt haben, was sein Gewissen belastete.

»Er!« sagte der Bruder. »Was sollte ihn bedrückt haben? Ich habe nie gesehen, daß er die Hand gegen Mensch oder Tier erhoben hat.«

»Aber er wollte doch mit dem Propst über etwas sprechen und nur mit ihm.«

»Hat er das gesagt?« fragte Ingilbert. »Hat er gesagt, daß er dem Propst etwas sagen will, bevor er stirbt? Ich dachte, er wollte ihn nur haben, um das heilige Abendmahl zu empfangen.«

»Als er mich heute wegschickte, sagte er, ich sollte den Propst bitten, zu kommen. Der Propst sei der einzige Mensch auf der Welt, dem er seine große schwere Sünde anvertrauen könne.«

Ingilbert saß da und grübelte einen Augenblick nach. »Das klingt sehr sonderbar«, sagte er. »Ob das nicht etwas sein kann, was er sich nur eingebildet hat, wie er so hier in der Einsamkeit herumgegangen ist? Es wird damit wohl so sein wie mit all dem, was er vom Starken Bengt zu erzählen pflegt. Ich glaube, das ist auch nichts anderes als Einbildungen.«

»Eben vom Starken Bengt wollte er mit dem Propst sprechen«, sagte das Mädchen.

»Da kannst du Gift drauf nehmen, daß das lauter Geflunker ist«, sagte Ingilbert.

Damit stand er auf und ging zu einer kleinen Luke in der Wand der Almhütte, die offen stand, damit ein bißchen Luft und Licht in die fensterlose Wohnstätte dringen konnte. Das Bett des Kranken stand so nahe, daß alles, was er sagte, draußen von Ingilbert gehört werden konnte. Und der Sohn lauschte den Worten des Vaters, ohne sich das geringste Gewissen daraus zu machen. Vielleicht hatte er überhaupt nicht gehört, daß es unrecht ist, einer Beichte zu lauschen. Auf jeden Fall war er überzeugt, daß der Vater keine gefährlichen Geheimnisse zu enthüllen hatte.

Nachdem er ein Weilchen neben der Luke gestanden hatte, kam er wieder zur Schwester zurück.

»Was habe ich gesagt?« begann er. »Der Vater erzählt gerade dem Propst, daß er und die Mutter dem alten General Löwensköld den Königsring gestohlen haben.«

»Ah, Gott erbarme sich!« rief die Schwester. »Sollen wir dem Propst nicht sagen, daß das Lüge ist, nur so etwas, das er sich andichtet?«

»Jetzt können wir nichts tun«, sagte Ingilbert. »Jetzt muß man ihn wohl reden lassen, was er will. Wir können nachher mit dem Propst sprechen.«

Er schlich wieder zur Luke hin, um zu horchen. Es dauerte nicht lange, so kam er abermals zur Schwester.

»Jetzt sagt er, in derselben Nacht, in der er und die Mutter unten im Grabe gewesen sind und den Ring genommen haben, ist der Mellomhof abgebrannt. Er sagt, er glaubt, daß es der General war, der ihm den Hof angezündet hat.«

»Man hört ja, daß das nur so ein Einfall ist«, sagte die Schwester. »Uns hat er doch wenigstens hundertmal gesagt, daß es der Starke Bengt war, der den Mellomhof angezündet hat.«

Ingilbert war, bevor sie noch zu Ende gesprochen hatte, schon wieder auf seinem Posten unter der Luke. Da stand er lange und horchte, und als er wieder zur Schwester hinkam, war er beinahe aschgrau im Gesicht.

»Er sagt, es war der General, der ihm all das Unglück geschickt hat, um ihn zu zwingen, den Ring zurückzugeben. Er sagt, die Mutter hätte Angst bekommen und wollte, daß sie zum Rittmeister nach Hedeby gingen und ihm den Ring zurückgäben. Und der Vater hätte ihr nur zu gerne gehorcht, aber er traute sich nicht, weil er meinte, sie würden alle beide gehängt werden, wenn sie eingestanden, daß sie einen Toten bestohlen hatten. Aber da konnte die Mutter es nicht länger aushalten, sondern ging hin und ertränkte sich.«

Jetzt wurde auch die Schwester vor Entsetzen aschfahl im Gesicht.

»Aber«, sagte sie, »der Vater hat doch immer gesagt, daß es ...«

»Ja, gewiß. Eben erst hat er dem Propst erklärt, daß er es nicht gewagt hat, mit irgendeinem Menschen darüber zu sprechen, wer all das Unglück über ihn verhängt hat. Nur uns Kindern, weil wir nichts davon verstehen, hat er gesagt, da wäre einer, der der Starke Bengt heißt, der verfolge ihn. Er sagte, daß die Bauersleute den General immer den Starken Bengt zu nennen pflegten.«

Martha Bardstochter sank ganz in sich zusammen, wie sie da saß.

»Aber dann ist es ja wahr«, flüsterte sie so leise, als sollte dies ihr letzter Atemzug sein.

Sie sah sich nach allen Seiten um. Die Sennhütte stand am Ufer eines Waldweihers, und ringsherum erhoben sich dunkelbewaldete Bergfirste. Es gab weit und breit keine menschliche Behausung, es gab niemand, zu dem sie sich flüchten konnte. Hier herrschte die große rettungslose Einsamkeit.

Und es war ihr, als stünde in dem Dunkel unter den Bäumen der Tote auf der Lauer, um ihnen Unglück zu senden.

Sie war noch ein solches Kind, daß sie die Schuld und Unehre, die die Eltern auf sich geladen hatten, nicht recht erfassen konnte; aber was sie begriff, war, daß ein Gespenst, ein unversöhnliches, allmächtiges Wesen aus dem Lande der Toten sie alle verfolgte. Sie war gewärtig, es jederzeit zu erblicken, und sie bekam solche Angst, daß ihre Zähne aufeinanderschlugen.

Sie dachte daran, daß der Vater nun sieben Jahre mit derselben Angst in der Seele herumgegangen war. Sie war jetzt vierzehn Jahre, und sie wußte, daß sie erst sieben gewesen, als der Mellomhof abgebrannt war. Der Vater hatte die ganze Zeit gewußt, daß der Tote auf der Jagd nach ihm war. Es war gut für ihn, daß er sterben durfte.

Ingilbert war wieder drüben gewesen und hatte gehorcht, jetzt kam er zu ihr zurück.

»Du glaubst es doch nicht, Ingilbert?« sagte sie mit einem letzten Versuch, die Angst zu verscheuchen.

Aber da sah sie, daß Ingilberts Hände zitterten und die Augen entsetzt starrten. Er hatte ebensolche Angst wie sie.

»Was soll ich glauben?« flüsterte Ingilbert. »Der Vater sagt, er hätte mehrmals versucht, nach Norwegen hinüberzugelangen, um den Ring zu verkaufen. Aber er konnte nie fortkommen. Das eine Mal wurde er krank, das andere Mal brach das Pferd das Bein, gerade als er vom Hof wegreiten wollte.«

»Was sagt der Propst?« fragte das Mädchen.

»Er hat den Vater gefragt, warum er all diese Jahre den Ring behalten hat, wenn es doch mit so großer Gefahr verknüpft war, ihn zu besitzen. Aber der Vater gab zur Antwort, er hätte geglaubt, der Rittmeister würde ihn hängen lassen, wenn er seine Tat eingestand. Er hatte keine Wahl, er war gezwungen, ihn zu behalten. Aber nun wußte er, daß er sterben müsse, und nun wollte er den Ring dem Propst geben, damit man ihn dem General ins Grab lege und wir Kinder von dem Fluch befreit werden und wieder hinunter ins Dorf ziehen können.«

»Ich bin froh, daß der Propst da ist«, sagte das Mädchen. »Ich weiß nicht, was ich anfangen soll, wenn er fort ist. Ich fürchte mich so. Es kommt mir vor, daß der General dort drüben unter den Tannen steht.

Denk nur, daß er alle Tage hier herumgegangen ist und uns bewacht hat! Und der Vater hat ihn vielleicht gesehen.«

»Ich glaube schon, daß der Vater ihn gesehen hat«, sagte Ingilbert.

Er ging wieder zur Hütte hin, um zu lauschen. Als er zurückkam, hatte er einen anderen Ausdruck in den Augen.

»Ich habe den Ring gesehen«, sagte er. »Der Vater hat ihn dem Propst gegeben. Er schimmert wie eine Feuerflamme. Er ist rot und gelb. Er leuchtet. Der Propst hat ihn angeschaut und gesagt, er sieht, dies ist der Ring des Generals. Geh nur zur Luke hin, dann kannst du ihn auch sehen!«

»Eher möchte ich eine Natter in die Hand nehmen, als diesen Ring ansehen«, sagte das Mädchen. »Du meinst doch nicht wirklich, daß er schön anzusehen ist?«

Ingilbert sah weg.

»Ich weiß ja, daß er uns zugrunde gerichtet hat«, sagte er, »aber gefallen hat er mir doch.«

Gerade als er dies sagte, drang die Stimme des Propstes stark und laut zu den beiden Geschwistern hinaus. Bis dahin hatte er den Kranken reden lassen. Nun war die Reihe an ihm.

Es war klar, daß er auf all diese wilden Reden von der Verfolgung eines Toten nicht eingehen konnte. Er versuchte dem Bauer zu zeigen, daß es Gottes Strafe war, die ihn ereilt hatte, weil er ein so gräßliches Verbrechen begangen, einen Leichnam zu bestehlen. Der Propst wollte durchaus nicht einräumen, daß der General die Macht gehabt hatte, eine Feuersbrunst anzustiften, oder Krankheiten über Mensch und Vieh zu verhängen. Nein, die Unglücksfälle, die Bard getroffen hatten, waren Gottes Weg, ihn zu zwingen, seine Tat zu bereuen und das Gestohlene, noch bei Lebzeiten, zurückzuerstatten, auf daß seine Sünde vergeben werde und er eines seligen Todes sterben könne.

Der alte Bard Bardsson lag still da und hörte die Worte des Propstes, ohne einen Einwand zu erheben. Aber zu überzeugen vermochten sie ihn wohl nicht. Er hatte zuviel Schreckliches erlebt, um glauben zu können, daß all dies von Gott kam.

Aber die Geschwister, die dasaßen und vor Gespensterfurcht und Geisterangst zitterten, lebten förmlich auf.

»Hörst du?« sagte Ingilbert und packte die Schwester heftig am Arm. »Hörst du? Der Propst sagt, daß es nicht der General war?«

»Ja«, sagte die Schwester. Sie saß mit gefalteten Händen da und sog jedes Wort, das der Propst sagte, tief in die Seele ein.

Ingilbert stand auf. Er schöpfte heftig Atem und richtete den Körper in die Höhe. Er war von seiner Furcht befreit. Er sah aus wie ein anderer Mensch. Hastig ging er zur Hüttentür und trat ein.

»Was ist denn?« fragte der Propst.

»Ich will ein paar Worte mit dem Vater sprechen.«

»Geh fort! Jetzt spreche ich mit deinem Vater«, sagte der Propst streng.

Wieder wendete er sich Bard Bardsson zu und sprach bald nachdrücklich, bald milde und erbarmungsvoll zu ihm.

Ingilbert hatte sich auf die Steinplatte gesetzt und die Hände vors Gesicht geschlagen. Aber eine große Unruhe hatte sich seiner bemächtigt. Er ging wieder in die Hütte hinein und wurde wieder fortgewiesen.

* *
*

Als alles vorüber war, sollte Ingilbert dem Propst den Weg durch den Wald zurück zeigen. Anfangs ging alles gut, aber nach einiger Zeit sollten sie über ein überbrücktes Moor. Der Propst konnte sich nicht entsinnen, daß er auf dem Hinweg über ein solches gekommen war, und er fragte, ob Ingilbert ihn nicht irreführe, aber dieser gab zur Antwort, es wäre eine große Abkürzung, wenn sie den Weg über das Moor nehmen konnten.

Der Propst sah Ingilbert scharf an. Er hatte zu bemerken geglaubt, daß er wie der Vater vom Gelddurst besessen war. Ingilbert war ja einmal ums andere in die Hütte gekommen, wie um zu verhindern, daß der Vater den Ring hergebe.

»Das ist aber ein schmaler, gefährlicher Weg, du, Ingilbert«, sagte er. »Ich fürchte, daß das Pferd auf den glatten Stämmen ausgleitet.«

»Ich werde das Pferd schon führen, der hochwürdige Herr Propst braucht keine Angst zu haben«, sagte Ingilbert, und damit griff er auch schon nach den Zügeln des Pferdes.

Als sie mitten draußen auf dem Moor waren, nichts anderes als lockeren Morast auf allen Seiten, begann er jedoch das Pferd zurückzutreiben. Es sah aus, als wollte er es von dem schmalen Steg herabdrängen.

Das Pferd bäumte sich, und der Propst, der sich nur schwer im Sattel erhalten konnte, rief dem Begleiter zu, doch um Gottes willen den Zügel loszulassen.

Aber Ingilbert schien nichts zu hören, und der Propst sah, wie er mit düsterem Gesicht und zusammengebissenen Zähnen mit dem Pferd kämpfte, um es in den Sumpf hinunterzutreiben. Es war der sichere Tod, der Roß und Reiter erwartete.

Da steckte der Propst die Hand in die Tasche und zog ein kleines Beutelchen aus Ziegenleder hervor. Das schleuderte er Ingilbert gerade ins Gesicht.

Dieser ließ den Zügel los, um den Beutel aufzufangen, und das Pferd war frei. Erschreckt raste es weiter über den Pfad. Ingilbert blieb stehen und machte keinen Versuch zu folgen.

5.

Man kann sich nicht wundern, daß der Propst nach einem solchen Erlebnis ein bißchen wirr im Kopfe war und es Abend wurde, bis er den Weg ins Dorf hinunter fand. Auch war es nicht merkwürdig, daß er nicht auf der Olsbyer Straße, die der beste und kürzeste Weg war, aus dem Walde herauskam, sondern zu weit nach Süden abgebogen war, so daß er unmittelbar über Hedeby herauskam.

Während er drinnen im Waldesdickicht herumritt, sagte er sich, daß das erste, was er zu tun hatte, nachdem er glücklich heimgekommen war, sein mußte, einen Boten zum Amtmann zu schicken, um ihn zu veranlassen, sich in den Wald zu begeben und Ingilbert den Ring wieder abzunehmen. Aber als er nun an Hedeby vorbeiritt, erwog er bei sich selbst, ob er nicht dort einsprechen und den Rittmeister Löwensköld wissen lassen sollte, wer es war, der sich erdreistet hatte, in das Grab hinabzusteigen und den Königsring zu stehlen.

Man könnte ja meinen, daß er über eine so natürliche Sache gar nicht erst lange nachzugrübeln brauchte, aber der Propst zögerte, weil er wußte, daß zwischen dem Rittmeister und seinem Vater nicht das beste Einvernehmen geherrscht hatte. Der Rittmeister war in ebenso hohem Grade ein Mann des Friedens, wie der Vater ein Mann des Kriegs gewesen war. Er hatte sich beeilt, seinen Abschied aus dem Kriegsdienst zu nehmen, sobald wir nur Frieden mit dem Russen hatten; und seither hatte er all seine Kräfte dafür eingesetzt, dem Wohlstand im Lande aufzuhelfen, der in den Kriegsjahren ganz niedergebrochen war. Er war ein Gegner von Alleinherrschaft und Kriegsruhm, ja er pflegte über Karl den XII. in höchst eigener Person Übles zu sprechen, wie auch über so manches Andre, was der Alte hochstellte. Um das Maß vollzumachen, war der Sohn ein eifriger Teilnehmer im Reichstagskrieg gewesen, aber stets als Anhänger der Friedenspartei. Ja, zwischen ihm und dem Vater hatte es so manchen Zankapfel gegeben.

Als nun vor sieben Jahren der Ring des Generals gestohlen worden war, hatte der Propst und viele mit ihm gemeint, daß der Rittmeister es sich nicht sonderlich angelegen sein ließ, ihn wiederzuerlangen. Und all dies bewirkte, daß er jetzt bei sich dachte: es hat keinen Zweck, wenn ich mir die Mühe mache, hier in Hedeby vom Pferd zu steigen. Der Rittmeister fragt nicht danach, ob der Vater oder Ingilbert den Königsring am Finger trägt. Es ist besser, wenn ich gleich den Amtmann Carelius von dem Diebstahl verständige.

Aber während der Propst noch mit sich selbst zu Rate ging, sah er, wie das Gattertor, das die Einfahrt zu Hedeby abschloß, ganz sachte aufschwang und weitoffen stehen blieb.

Es sah recht merkwürdig aus, aber es gibt ja viele Gitter, die in dieser Weise von selber aufgehen, wenn sie nicht ordentlich zugemacht sind, und der Propst grübelte nicht weiter über die Sache nach. Er nahm dies jedoch als ein Zeichen, daß er in Hedeby einkehren sollte.

Der Rittmeister nahm ihn freundlich auf, eigentlich besser, als es bei ihm der Brauch war.

»Das ist aber schön, daß du dich hier sehen läßt, verehrter Freund«, sagte er. »Ich habe mich danach gesehnt, dich zu sprechen, und wollte heute schon mehrmals in den Pfarrhof hinübergehen, um dir, geschätzter Freund, etwas ganz Merkwürdiges zu erzählen.«

»Da wärest du vergebens gekommen, Freund Löwensköld«, sagte der Propst. »Schon in aller Frühe mußte ich zu einem Sterbenden auf die Olsbyalm und komme eben erst von dort zurück. Das ist ein abenteuerlicher Tag für mich alten Mann gewesen.«

»Das gleiche kann ich sagen, obwohl ich mich kaum aus meinem Sessel fortgerührt habe. Ich kann dir versichern, geschätzter Freund, daß, obwohl ich nun bald ein Fünfziger bin und in den harten Kriegsjahren wie auch später allerhand mitgemacht habe, mir nichts so Wunderliches passiert ist, wie das, was ich heute erlebt habe.«

»Wenn dem so ist«, sagte der Propst, »will ich dir das Wort überlassen, Bruder Löwensköld. Auch ich habe meinem geschätzten Freund eine sonderbare Geschichte zu erzählen. Doch möchte ich nicht behaupten, daß sie das Merkwürdigste von allem sei, was mir je zugestoßen ist.«

»Nun ja«, sagte der Rittmeister, »es kann auch sein, daß du gar nichts Sonderbares an meiner Geschichte findest, Verehrtester. Das wollte ich eben fragen. – Du hast doch wohl schon von Gathenhielm gehört?«

»Von dem schrecklichen Seeräuber und Kaperkapitän, der von König Karl zum Admiral ernannt wurde? Wer hätte nicht von ihm gehört?«

»Heute mittag«, fuhr der Rittmeister fort, »kamen wir beim Essen auf die alte Kriegszeit zu sprechen. Meine Söhne und ihr Hofmeister fingen an, mich auszufragen, wie alles damals gewesen sei, denn von derlei will die Jugend ja immer hören. Merke wohl, geschätzter Freund, von den schweren, harten Jahren, die wir Schweden nach König Karls Tod mitmachen mußten, als wir durch den Krieg und den Geldmangel in allem und jedem zurückgeblieben waren, danach fragen sie nie. Sondern nur nach den verderblichen Kriegsjahren. Bei Gott, sollte man nicht glauben, daß sie es für gar nichts zählen, niedergebrannte Städte aufzubauen, Eisenwerke und Fabriken anzulegen, auszuroden und neue Erde zu pflügen. Ich glaube, Verehrtester, meine Söhne schämen sich meiner und meiner Zeitgenossen, weil wir aufhörten, auf Heereszüge auszuziehen und fremde Länder zu verwüsten. Sie scheinen zu glauben, daß wir schlechtere Männer sind als unsere Väter und daß die alte schwedische Kraft aus uns gewichen ist.«

»Da hast du freilich recht, Bruder Löwensköld«, sagte der Propst. »Die Liebe dieser Jugend zum Kriegshandwerk ist tief bedauerlich.«

»Nun wohl, ich willfahrte ihren Wünschen«, sagte der Rittmeister, »und da sie von einem großen Kriegshelden hören wollten, erzählte ich ihnen von Gathenhielm und seinem grausamen Verfahren gegen Kaufleute und friedliche Reisende, vermeinend, daß ich damit ihr Entsetzen und ihren Abscheu hervorrufen würde. Und als dies mir auch gelang, bat ich sie, zu bedenken, daß dieser Gathenhielm ein echter Sohn der Kriegszeit war und fragte sie, ob sie die Erde wohl von solchen Teufelsbraten bevölkert sehen wollten.

Aber bevor meine Söhne noch darauf antworten konnten, ergriff ihr Hofmeister das Wort und bat mich, ihm zu gestatten, noch eine Geschichte von Gathenhielm zu erzählen. Und da er sagte, daß dieses Abenteuer nur bestätige, was ich schon früher von Gathenhielms furchtbarer Wildheit und Raserei gesagt, gab ich meine Einwilligung.

Er begann zu erzählen, daß, nachdem Gathenhielm in jungen Jahren verstorben und seine Leiche in der Onsalaer Kirche in einem Marmorsarkophag, den er dem dänischen König geraubt hatte, beigesetzt war, ein so furchtbarer Geisterspuk in der Kirche anging, daß die Onsalaer Kirchspielbewohner es nicht aushalten konnten. Sie wußten sich keinen anderen Rat, als die Leiche aus dem Sarge zu nehmen und sie auf einer öden Schäre weit draußen im Meere zu beerdigen.

In der Kirche hatte man nun Frieden, aber Fischer, die aus ihren Fahrten in die Nähe von Gathenhielms neuer Ruhestätte kamen, wußten zu erzählen, daß man dort immer Lärm und Getöse höre und daß der Schaum hoch über der Schäre aufspritze, auch wenn das Meer sonst spiegelglatt dalag. Die Fischer dachten sich, daß all die Seeleute und Krämer, die Gathenhielm aus den gekaperten Fahrzeugen über Bord hatte werfen lassen, nun aus ihren feuchten Gräbern emporstiegen, um ihn zu peinigen und zu malträtieren, und sie hüteten sich, nach dieser Richtung zu fahren. Aber einmal war doch einer von ihnen im Dunkel der Nacht der gefährlichen Stelle zu nahe gekommen. Er fühlte sich von einem Wirbelwind erfaßt, der Schaum peitschte ihm ins Gesicht, und eine dröhnende Stimme rief ihm zu: Gehe nach Gata in Onsala und sage meiner Frau, sie möge mir sieben Bündel Haselruten und zwei Wacholderknüttel schicken.

Der Propst hatte der Erzählung bisher still und geduldig zugehört; aber als er nun merkte, daß sein Nachbar nur eine gewöhnliche Gespenstergeschichte aufzutischen hatte, konnte er eine ungeduldige Gebärde kaum unterdrücken. Der Rittmeister beachtete dies jedoch nicht.

»Du verstehst, Geschätztester, es kam nichts andres in Frage, als diesem Befehle zu gehorchen.

Und Gathenhielms Frau, die gehorchte auch. Die zähesten Haselruten und die derbsten Wacholderknüttel wurden bereitgemacht, und ein Knecht aus Onsala ruderte mit ihnen ins Meer hinaus.«

Nun machte jedoch der Propst einen so deutlichen Versuch zu unterbrechen, daß der Rittmeister seine Ungeduld merkte.

»Ich weiß, was du denkst, liebwerter Freund«, sagte er. »Ich machte mir auch dieselben Gedanken, als ich heute mittag die Geschichte hörte. Aber ich bitte dich, Geschätztester, mich bis zu Ende anzuhören. Ich wollte also sagen, er muß ein beherzter Mann gewesen sein, dieser Knecht, und seinem toten Herrn sehr zugetan, sonst hätte er es wohl kaum gewagt, den Auftrag auszuführen. Als er in die Nähe der Begräbnisstätte kam, schlugen die Wellen darüber zusammen, wie bei heftigem Sturm, und Lärm und Waffengeklirr ertönte im weiten Umkreis. Aber der Knecht ruderte dennoch so nahe heran, als er konnte, und es gelang ihm sowohl die Knüttel wie die Rutenbündel auf die Schäre zu werfen. Hierauf entfernte er sich mit raschen Ruderschlägen von dem Orte des Grauens.«

»Geschätzter Freund«, begann der Propst, doch der Rittmeister ließ sich nicht beirren.

»Aber doch nicht sehr weit. Als er in etwa dreißig Faden Entfernung war, ruhte er auf den Rudern aus, denn er wollte sehen, ob sich nun etwas Merkwürdiges begeben würde, und er brauchte nicht vergeblich zu warten. Denn mit einem Male stieg der Schaum himmelhoch über der Schäre an, der Lärm wurde wie das Donnern einer Feldschlacht, und schreckliche Jammerrufe erklangen über das Meer hinaus.

Dies ging eine Weile so fort, doch mit nachlassender Heftigkeit. Endlich ließen die Wellen ab, gegen Gathenhielms Grab anzustürmen. Bald lag es ebenso still und stumm da wie jede andere Insel. Der Knecht hob die Ruder, um sich auf den Heimweg zu machen, aber im selben Augenblick rief ihm eine dröhnende, triumphierende Stimme zu: Geh nach Gata in Onsala und bestelle meiner Frau, daß Lasse Gathenhielm im Tode wie im Leben über seine Feinde siegt!«

Der Propst war dagesessen und hatte mit gesenktem Kopf zugehört. Nun die Erzählung zu Ende war, erhob er das Antlitz und sah den Rittmeister fragend an.

»Als der Hofmeister dies letzte erzählte«, sagte der Rittmeister, »merkte ich wohl, daß meine Söhne Mitgefühl mit diesem Schurken Gathenhielm empfanden und gerne von seinem Übermut hörten. Darum bemerkte ich, diese Geschichte scheine mir gut zusammengefügt, aber sie könne wohl kaum etwas andres sein als Lüge. Denn, so sagte ich, wenn ein roher Seeräuber wie Gathenhielm solche Kraft gehabt hätte, sich auch nach dem Tode zu verteidigen, wie kann man dann erklären, daß mein Vater, der ein ebensolcher Haudegen war, aber obendrein ein guter, redlicher Mensch, einen Dieb in sein Grab dringen und sich von ihm das Liebste rauben lassen konnte, was er besaß, ohne daß er die Macht hatte, dies zu hindern und ohne daß er den Schuldigen späterhin auch nur im geringsten zu molestieren vermochte?«

Bei diesen Worten erhob sich der Propst mit ungewöhnlicher Lebhaftigkeit.

»Das ist ganz meine Meinung«, sagte er.

»Ja, aber höre nur, was weiter geschah!« fuhr der Rittmeister fort. »Kaum hatte ich zu Ende gesprochen, als ich hinter meinem Stuhl ein lautes Stöhnen hörte. Und dieses Stöhnen war so ganz wie der matte Seufzer, den mein seliger Vater auszustoßen pflegte, wenn er von den Gebresten des Alters gequält wurde, daß ich ihn hinter mir glaubte und aufsprang. Da sah ich wohl nichts, aber so sicher war ich, ihn gehört zu haben, daß ich mich nicht mehr zu Tische setzen wollte, sondern hier in meiner Einsamkeit sitzen blieb und bis jetzt über die Sache nachgegrübelt habe. Und ich habe inständig gewünscht, die Ansicht meines hochgeschätzten Freundes in dieser Frage zu vernehmen. War es mein Vater, den ich einen klagenden Seufzer über den verlornen Schatz ausstoßen hörte? Wenn ich glauben könnte, daß er noch immer Sehnsucht danach empfindet, da wollte ich wahrlich eher von Haus zu Haus ziehen und überall nachforschen, als daß er auch nur noch einen Augenblick den grausamen Schmerz fühlen soll, von dem dies Stöhnen Kunde gab.«

»Dies ist heute das zweite Mal, daß ich auf die Frage zu antworten habe, ob der tote General noch um seinen verlorenen Ring trauert und ihn wiedererlangen will«, sagte der Propst. »Ich will nun erst mit Erlaubnis meines hochgeschätzten Bruders meine Geschichte erzählen, und dann wollen wir zusammen darüber räsonieren.«

Damit brachte der Propst seine Erzählung vor, und er merkte nun, daß er nicht zu fürchten gebraucht hätte, der Rittmeister würde sich der Sache des Vaters nicht mit dem genügenden Eifer annehmen. Der Propst hatte nicht daran gedacht, daß auch in dem friedfertigsten Menschen etwas von der Natur der Lodbroksöhne liegt. Nun sah er, wie die Adern auf der Stirn des Rittmeisters anschwollen und wie die Fäuste sich ballten, so daß die Knöchel ganz weiß wurden. Ein furchtbarer Ingrimm hatte sich seiner bemächtigt.

Natürlich stellte der Propst die Sache in seinem Sinne dar. Er erzählte, wie Gottes Zorn die Missetäter getroffen hatte, und wollte keineswegs zugeben, daß der Tote eingegriffen haben könnte.

Aber der Rittmeister legte alles, was er hörte, in andrer Weise aus. Er wußte nun, daß der Vater keine Ruhe im Grabe gefunden, weil man ihm den Ring vom Zeigefinger genommen hatte. Er empfand Angst und Gewissensbisse, weil er die Sache bisher zu leicht genommen hatte. Er spürte es wie eine stechende, schmerzende Wunde im Herzen.

Der Propst, der merkte, wie erregt er war, fürchtete sich beinahe, zu sagen, daß man ihm den Ring wiedergenommen hatte, doch dies wurde mit einer Art grimmigen Befriedigung aufgenommen.

»Das ist gut, daß doch noch einer von dem Diebesgesindel übrig blieb und daß er ebenso erbärmlich ist wie die anderen«, sagte Rittmeister Löwensköld. »Der General hat die Eltern geschlagen und hat sie hart geschlagen. Jetzt ist die Reihe an mir.«

Der Propst bemerkte eine unbarmherzige Härte in der Stimme. Er wurde immer unruhiger und unruhiger. Er fürchtete, der Rittmeister könnte Ingilbert mit seinen eigenen Händen erwürgen oder ihn zu Tode peitschen.

»Ich hielt es für meine Pflicht, dir die Botschaft des Toten zu überbringen, Bruder Löwensköld«, sagte der Propst. »Aber ich hoffe, geschätzter Freund, daß du keine übereilten Maßnahmen triffst. Ich gedenke den Amtmann von dem an mir begangenen Diebstahl in Kenntnis zu setzen.«

»Damit kannst du es halten, wie du willst, Verehrtester«, sagte der Rittmeister. »Ich will nur sagen, du könntest dir die Mühe sparen, denn diese Sache nehme ich selbst in die Hand.«

Nach diesen Worten erkannte der Propst, daß in Hedeby nichts mehr zu erreichen war. Er ritt von dannen, sobald er konnte, um den Amtmann noch vor dem Abend benachrichtigen zu lassen.

Aber Rittmeister Löwensköld rief alle seine Leute zusammen, erzählte ihnen, was sich begeben hatte und fragte, ob sie am nächsten Morgen mit ihm ausziehen wollten, um den Dieb zu fangen. Da war keiner, der sich weigerte, ihm und dem toten General diesen Liebesdienst zu erweisen, und der Rest des Abends wurde dazu verwendet, alle möglichen Waffen hervorzusuchen, alte Musketen, kurze Bärenspieße, lange Degen, Knüttel und Sensen.

6.

Es waren nicht weniger als fünfzehn Mann, die dem Rittmeister Gefolgschaft leisteten, als er am nächsten Morgen um vier Uhr früh auf die Diebsjagd auszog. Und in bester Kampflaune waren sie. Sie hatten eine gerechte Sache und überdies den General hinter sich. Da der Tote die

Sache so weit geführt hatte, würde er sie wohl auch einem glücklichen Ausgange zuführen.

Die richtige Wildnis fing jedoch erst eine Meile weit von Hedeby an. Zu Beginn der Wanderung kreuzten sie einen weiten Talgrund, der teilweise bebaut und von kleinen Schuppen übersät war. Hier und dort auf den Hügeln erhoben sich ziemlich große Dörfer. Eines davon war Olsby, wo Bard Bardsson sein Gehöft gehabt hatte, bevor der General es ihm einäscherte. Dahinter lag der tiefe Wald über die Erde gebreitet wie ein dichtes Fell, Baum an Baum ohne Zwischenraum. Aber noch war es hier nicht mit aller menschlichen Macht zu Ende. Es gab schmale Stege im Wald, die zu Sennhütten und Kohlenmeilern hinaufführten.

Der Rittmeister und seine Leute nahmen gleichsam eine andere Haltung, ein anderes Aussehen an, als sie in das Waldesdickicht kamen. Sie hatten hier früher Jagd auf Großwild gemacht, und die Jagdlaune wandelte sie an. Sie begannen scharfe Blicke in das Gestrüpp zu werfen, und sie gingen in ganz anderer Weise, leichter und gleichsam schleichend.

»Über eine Sache sind wir einig, Jungens. Niemand von euch darf sich dieses Diebes wegen ins Unglück stürzen, sondern ihr müßt ihn mir überlassen. Seht nur zu, daß ihr ihn nicht entwischen laßt!«

Dieser Befehl wäre wohl kaum befolgt worden. Alle diese, die noch am vorigen Tage ganz friedlich einhergegangen waren und Heu auf die Schober geworfen hatten, brannten jetzt vor Begierde, Ingilbert, dem Dieb, einen ordentlichen Denkzettel zu geben.

Sie waren jedoch gerade so weit gekommen, daß die großen Föhren, die seit uralter Zeit hier standen, so dicht wurden, daß sie ein ununterbrochenes grünes Dach über ihnen ausbreiteten und alles Unterholz aufgehört hatte und nur Moos den Boden deckte – als sie drei Männer des Weges kommen sahen, die eine Bahre aus Zweigen trugen, auf der ein vierter Mann ruhte.

Der Rittmeister und sein Fähnlein eilten ihnen entgegen, und die Tragenden machten halt, als sie eine so große Menschenschar sahen. Sie hatten einige große Farren über das Gesicht des Liegenden gebreitet, so daß niemand sehen konnte, wer er war, aber die Hedebyer schienen es doch zu wissen, und es lief ihnen ein Schauer über den Rücken.

Sie sahen nicht den alten General neben der Bahre. Nein. Nicht einmal seinen Schatten. Aber trotz alledem wußten sie, daß er da war. Er war mit dem Toten aus dem Walde gekommen. Er stand da und wies mit Fingern auf ihn.

Die drei Männer, die die Bahre trugen, waren wohlbekannte, angesehene Leute. Es war Erik Ivarsson, der einen großen Hof in Olsby besaß, und sein Bruder Ivar Ivarsson, der nicht geheiratet hatte, sondern bei dem Bruder im elterlichen Hofe wohnte. Diese beiden waren schon zu Jahren gekommen, aber der dritte war ein junger Mann. Auch ihn kannte man. Er hieß Paul Eliasson und war ein Pflegesohn der Ivarsöhne.

Der Rittmeister ging auf die Ivarsöhne zu, und sie stellten die Bahre nieder, um zu grüßen und die Hand zu geben. Es war, als sähe der Rittmeister die ausgestreckten Hände nicht. Er konnte kein Auge von den Farnkräutern verwenden, die das Gesicht des Mannes bedeckten, der auf der Bahre lag.

»Ist es Ingilbert Bardsson, der hier liegt?« fragte er mit einer sonderbar harten Stimme. Es klang beinahe, als spräche er gegen seinen Willen.

»Ja«, sagte Erik Ivarsson, »aber wie kann der Herr Rittmeister das wissen? Hat der Herr Rittmeister ihn an den Kleidern erkannt?«

»Nein«, sagte der Rittmeister, »ich habe ihn nicht an den Kleidern erkannt. Ich habe ihn seit fünf Jahren nicht gesehen.«

Sowohl seine eigenen Leute wie die fremden Männer warfen verwunderte Blicke auf den Rittmeister. Sie fanden alle, daß er an jenem Morgen etwas Ungewöhnliches und Unheimliches an sich hatte. Er war nicht derselbe. Er war nicht leutselig und freundlich, wie er zu sein pflegte.

Er fing an, die Ivarsöhne auszufragen. Was hatten sie zu dieser frühen Morgenstunde im Walde zu schaffen, und wo hatten sie Ingilbert gefunden? Die Ivarsöhne waren Großbauern, und es paßte ihnen nicht, sich in dieser Weise ausfragen zu lassen, aber das Hauptsächlichste bekam er doch aus ihnen heraus.

Sie waren Tags zuvor mit Mehl und Zukost zu den Leuten auf ihrer Alm hinaufgegangen, die ein paar Meilen tiefer im Walde lag, und waren über Nacht bei ihnen geblieben. Am frühen Morgen hatten sie den Heimweg angetreten, und dabei war Ivar Ivarsson den beiden anderen vorausgegangen. Ivar Ivarsson war Soldat gewesen. Er verstand die Kunst, tüchtig auszuschreiten, und es war nicht so leicht, mit ihm Schritt zu halten.

Als Ivar Ivarsson den anderen ein gutes Stück vor war, hatte er einen Mann gesehen, der ihm auf dem Pfad entgegenkam. Der Wald war da ziemlich gelichtet gewesen. Kein Gesträuch, nur große Stämme, und so hatte er den Mann schon von weitem gesehen. Aber er hatte ihn nicht sofort erkannt. Es schwebten Nebelflocken zwischen den Bäumen, und wenn die Sonne hindurchschien, wurden sie zu einem gelben Rauch. Man konnte wohl hindurchsehen, aber nicht mit voller Deutlichkeit.

Ivar Ivarsson hatte gemerkt, daß der Begegnende, als er ihn durch den Nebel erblickte, stehen geblieben war und in größtem Entsetzen die Hände abwehrend ausgestreckt hatte. Ja, als Ivar noch ein paar Schritte gemacht hatte, war er auf die Knie gesunken und hatte gerufen, er möge ihm nicht näher kommen. Es hatte ja den Anschein gehabt, als sei er nicht ganz richtig im Kopfe, und Ivar Ivarsson hatte auf ihn zueilen wollen, um ihn zu beruhigen, aber da war der andere aufgesprungen und in den Wald hinein geflohen. Er war jedoch nur ein paar Schritte gelaufen. Beinahe augenblicklich war er umgesunken und regungslos liegen geblieben. Als Ivar Ivarsson zu ihm hinkam, war er schon tot.

Ivar Ivarsson hatte nun in dem Mann Ingilbert Bardsson erkannt, den Sohn jenes Bard Bardsson, der früher in Olsby gewohnt hatte, aber auf eine Sommeralm gezogen war, nachdem sein Hof abgebrannt war und sein Weib sich ertränkt hatte. Er konnte es nicht fassen, daß Ingilbert tot niedergefallen war, ohne daß irgendeine Hand ihn berührt hatte, und er versuchte ihn wieder zum Leben aufzurütteln, aber das war nicht gelungen. Als die anderen herangekommen waren, hatten sie sofort gesehen, daß der Mann tot war. Aber da nun die Bardsöhne ihre Nachbarn im Dorfe gewesen waren, hatten sie Ingilbert nicht im Walde zurücklassen wollen, sondern hatten eine Bahre zurechtgezimmert und ihn mitgenommen.

Der Rittmeister stand da und hörte all dies mit finsterer Miene an. Er fand es sehr glaublich. Ingilbert lag da wie für eine lange Wanderschaft gerüstet, ein Ränzel auf dem Rücken und Schuhe an den Füßen. Der Bärenspieß, der auf der Bahre lag, gehörte wohl auch ihm. Sicherlich hatte er in die Fremde ziehen wollen, um den Ring zu verkaufen, aber als er im Waldnebel Ivar Ivarsson begegnet war, hatte er geglaubt, den Geist des Generals zu erblicken. Ja, gewiß, so war es zugegangen. Ivar Ivarsson trug einen alten Soldatenrock und hatte die Hutkrempe nach Karolinischer Art aufgebogen. Die Entfernung, der Nebel und das schlechte Gewissen erklärte den Irrtum.

Wer der Mißmut des Rittmeisters dauerte doch an. Er hatte sich in Zorn und Blutdurst hineingehetzt. Er hatte Ingilbert Bardsson zwischen seinen starken Armen erdrücken wollen. Er brauchte einen Ableiter für seine Rachsucht, und er fand keinen.

Er sah jedoch selbst ein, daß er unbillig war, und er bezwang sich soweit, daß er den Ivarsöhnen erzählte, warum er und seine Leute an diesem Morgen in den Wald gezogen waren. Und er fügte hinzu, daß er sich nun überzeugen wolle, ob der Tote den Ring noch bei sich habe.

Ihm war so zumute, daß er wünschte, die Olsbymänner möchten nein sagen, so daß er sich sein Recht hätte erkämpfen müssen. Aber sie fanden sein Verlangen nur recht und billig, und sie traten ein wenig beiseite, indes ein paar der eigenen Leute des Rittmeisters die Taschen des Toten, seine Schuhe, sein Ränzel, jede Falte seiner Kleider untersuchten.

Der Rittmeister verfolgte anfangs die Untersuchung mit der größten Aufmerksamkeit, aber einmal sah er zufällig zu den Bauern hinüber und glaubte zu bemerken, daß sie spöttische Blicke miteinander wechselten, als ob sie ganz genau wüßten, daß er nichts finden wurde.

So kam es auch. Man mußte das Suchen aufgeben, ohne daß man auf den Ring gestoßen wäre. Aber da die Sache so ausfiel, wendete sich der Verdacht des Rittmeisters ganz natürlich gegen die Bauern. Ebenso war es mit seinen Leuten. Wo war der Ring hingekommen? Ingilbert hatte ihn natürlich mitgehabt, als er floh. Wo befand er sich nun?

Auch jetzt sah niemand den General, aber man spürte ihn. Er stand mitten in der Menge und deutete auf die drei Olsbyer Männer. Die hatten ihn.

Es war mehr als denkbar, daß sie die Taschen des Toten durchsucht und den Ring gefunden hatten.

Es war auch denkbar, daß die Geschichte, die sie vorhin vorgebracht hatten, gar nicht auf Wahrheit beruhte, sondern daß alles ganz anders zugegangen war. Diese Leute, die aus demselben Dorfe waren wie die Bardsöhne, hatten vielleicht gewußt, daß diese den Ring in ihrem Besitz hatten. Sie hatten vielleicht erfahren, daß Bard tot war, und als sie seinem Sohne im Walde begegnet waren, hatten sie sich gedacht, daß er mit dem Ringe fliehen wollte, hatten ihn überfallen und getötet und sich den Schatz angeeignet.

Es war kein anderes Blutmal an ihm zu sehen, als eine Quetschwunde an der Stirne. Die Ivarsöhne hatten gesagt, er sei, als er fiel, mit dem Kopf an einen Stein gestoßen, aber konnte diese Wunde nicht auch von dem groben Knüttel herrühren, den Paul Eliasson in der Hand hielt?

Der Rittmeister stand da und sah zu Boden. In seinem Innern kämpfte er einen Kampf aus. Er hatte immer nur Gutes von den drei Männern gehört, und es widerstrebte ihm, zu glauben, daß sie gemordet und gestohlen hatten.

Alle seine Leute hatten sich um ihn gesammelt. Ein paar von ihnen schwangen schon die Waffen. Da war keiner, der glaubte, daß man ohne Kampf von der Stelle kommen würde.

Da trat Erik Ivarsson auf den Rittmeister zu.

»Wir Brüder und auch Paul Eliasson, der unser Pflegesohn ist und bald mein Schwiegersohn sein wird, wir verstehen schon, was der Herr Rittmeister und seine Leute von uns denken. Wir meinen nun, daß wir nicht auseinandergehen sollen, ohne daß der Herr Rittmeister auch unsere Taschen und Kleider untersucht hat.«

Bei diesem Anerbieten wich das Dunkel ein wenig aus der Seele des Rittmeisters. Er erhob Einwände. Sowohl die Ivarsöhne wie ihr Pflegesohn waren Männer, auf die kein Verdacht fallen konnte.

Aber die Bauern wollten der Sache ein Ende machen. Sie begannen selbst ihre Taschen umzudrehen und die Schuhe abzulegen, und da gab der Rittmeister seinen Leuten einen Wink, ihnen den Willen zu tun.

Kein Ring wurde entdeckt, aber in einer Rindenbutte, die Ivar Ivarsson auf dem Rücken trug, fand man einen kleinen Beutel aus Ziegenleder.

»Gehört dieser Beutel Euch?« fragte der Rittmeister, nachdem er den Beutel untersucht und gefunden hatte, daß er leer war.

Wenn nun Ivar Ivarsson Ja geantwortet hätte, wäre die Sache vielleicht damit abgetan gewesen, aber anstatt dessen gestand er mit der größten Ruhe der Welt:

»Nein, der lag auf dem Wege, nicht weit von der Stelle, wo Ingilbert fiel. Ich hob ihn auf und warf ihn in die Butte, weil er noch unbenützt und ganz aussah.

»Aber gerade in einem solchen Beutel lag der Ring, als der Propst ihn Ingilbert zuwarf«, sagte der Rittmeister, und nun war das Dunkel wieder in der Stimme und im Gesichtsausdruck.

»Und da wird wohl nichts anderes übrig bleiben, als daß ihr Ivarsöhne mit mir zum Amtmann kommt, wenn ihr euch nicht lieber dafür entscheidet, mir den Ring gutwillig zu geben.«

Aber nun war es mit der Geduld der Olsbyer zu Ende.

»Der Herr Rittmeister ist nicht derjenige, der das Recht hat, uns zu verhaften«, sagte Erik Ivarsson. Damit ergriff er den Spieß, der neben

Ingilbert lag, um sich einen Weg zu bahnen, und sein Bruder und sein Schwiegersohn gesellten sich zu ihm.

Die Hedebyer wichen in der ersten Verblüffung zurück, bis auf den Rittmeister, der vor Wohlbehagen laut auflachte. Er zog seinen Säbel und hackte den Spieß durch.

Aber das war die einzige Waffentat, die in diesem Kriege vollbracht wurde. Die eigenen Leute des Rittmeisters zogen ihn zurück und entrissen ihm die Waffe.

Es war nämlich so, daß Amtmann Carelius es für gut befunden hatte, sich auch an jenem Morgen in den Wald zu begeben. Er war gerade im rechten Augenblick auf dem Pfade zum Vorschein gekommen, gefolgt von einem Gerichtsdiener.

Nun gab es neue Untersuchungen und neue Verhöre, aber das Ende war doch, daß Erik Ivarsson, sein Bruder Ivar und ihr Pflegesohn Paul verhaftet und als des Mordes und Raubes stark verdächtig ins Gefängnis geführt wurden.

7.

Es läßt sich nicht leugnen, daß zu jener Zeit bei uns in Värmeland die Wälder weit und die Felder klein waren, die Hofplätze groß, aber die Hütten eng, die Wege schmal, aber die Hügel steil, die Türen niedrig, aber die Schwellen hoch, die Kirchen unansehnlich, aber die Gottesdienste lang, die Lebenstage kurz, aber die Sorgen zahllos. Doch darum waren die Värmeländer doch keine Kopfhänger und langweiligen Patrone.

Wohl nahm der Frost die Ernte, wohl wüteten die wilden Tiere in den Herden und die rote Ruhr in der Kinderschar, aber trotzdem behielten sie die längste Zeit ihre gute Laune. Wo wären sie auch sonst hingekommen?

Aber dies kam vielleicht daher, daß es in jedem Haus einen Tröster gab. Es gab einen, der zu dem Reichen gerade so gut kam wie zu dem Armen, einen, der nie im Stich ließ, und nie müde wurde.

Aber glaubt nur ja nicht, daß dieser Tröster etwas Feierliches oder Hochgestimmtes war, wie Gottes Wort oder Gewissensfrieden oder Liebesglück! Glaubt auch nicht, daß er etwas Niedriges oder Gefährliches war, wie Trunksucht oder Würfelspiel. Er war etwas ganz Unschuldiges und Alltägliches, er war nichts anderes, als das Feuer, das an den Winterabenden im Herde flammte.

Herrgott, wie machte es doch alles schön und traulich in der kleinsten Hütte! Und wie es mit den Leuten dort drinnen seinen Scherz trieb, solange der Abend währte! Es knisterte und prasselte, es war, als lachte es sie aus. Es zischte und spuckte, da war es, als wollte es jemandem nachmachen, der zornig und böse war. Manchmal wußte es sich keinen Rat, wie es einem astreichen Klotz den Garaus machen sollte. Dann erfüllte es den ganzen Raum mit Rauch und Dunst, als wollte es den Leuten zu verstehen geben, daß es zu schlechte Kost hatte, um davon zu leben. Manchmal nahm es die Gelegenheit wahr und sank gerade dann zu einem Gluthaufen zusammen, wenn die Leute im allerbesten Arbeitstakt waren, so daß man die Hände in den Schoß legen und laut auflachen mußte, bis es wieder hochkam.

Am allermutwilligsten war es, wenn die Hausfrau mit den dreibeinigen Kochgeschirren kam und verlangte, daß es das Essen kochen sollte. Ein seltenes Mal war es willig und diensteifrig und machte seine Sache rasch und gut, aber meistens tanzte es stundenlang leicht und toll um den Topf, ohne ihn zum Sieden zu bringen.

Wie leuchtete es nicht in den Augen des Hausvaters auf, wenn er naß und erfroren aus dem schmutzigen Schnee heimkam und das Herdfeuer ihn mit Wärme und Traulichkeit empfing! Wie gut war es nicht, an das wachende Licht zu denken, das in die dunkle Winternacht hinausströmte, ein Leitstern für arme Wanderer und gleichsam ein Zeichen des Schreckens für Luchs und Wolf.

Aber das Herdfeuer konnte mehr als wärmen und leuchten und Essen kochen, es verstand merkwürdigere Dinge, als zu funkeln, zu sprühen, zu prasseln und Rauch zu machen. Es war imstande, die Spiellust in der Menschenseele zum Leben zu erwecken.

Denn was ist die Menschenseele anderes als eine spielende Flamme, sie auch? Sie flackert in und über und um den Menschen, wie die Feuerflamme, in und über und um das rauhe Holz flackert. Wenn nun die, die an einem Winterabend um das Herdfeuer versammelt waren, ein Weilchen schweigend dagesessen und hineingeblickt hatten, dann begann das Feuer zu einem jeden in seiner eigenen, besonderen Sprache zu sprechen. »Schwester Seele«, sagte die Feuerflamme, »bist du nicht Flamme wie ich? Warum so düster und schwer?« – »Schwester Flamme«, antwortete die Menschenseele, »ich habe Holz gehackt, und ich habe den ganzen Tag den Haushalt geführt. Ich kann nichts anderes, als stillsitzen und dich ansehen.« – »Das weiß ich schon«, sagte das Feuer. »Jetzt ist es Abendstunde. Mach es jetzt wie ich, flackere und leuchte! Spiele und wärme!«

Und die Seelen gehorchten der Feuerflamme, und begannen zu spielen. Sie erzählten Märchen, sie rieten Rätsel, sie strichen Geigensaiten, sie ritzten Ranken und Rosen in Werkzeuge und Ackergerätschaften. Sie spielten Spiele und sangen Lieder, sie lösten Pfänder aus und erinnerten sich alter Sprichworte. Und unterdessen taute die Eiseskälte aus den Gliedern, die Brummigkeit aus den Gemütern. Sie lebten auf und hatten es fröhlich. Das Herdfeuer und das Spiel vor dem Herdfeuer machten ihnen wieder Lust, das karge, mühselige Leben zu leben.

Was vor allem zum Herdfeuer gehörte, das war doch das Erzählen von allen erdenklichen Heldentaten und Abenteuern. Das war es, was alt und jung ergötzte und nie ein Ende nehmen wollte. Denn Heldentaten und Abenteuer hat es gottlob in dieser Welt genug und übergenug gegeben. Aber nie so viel wie zur Zeit König Karls. Er war der Held aller Helden, und von ihm und seinen Mannen gab es eine Überfülle von Geschichten zu erzählen. Sie vergingen nicht mit ihm selbst und seiner Herrschaft, sie lebten noch nach seinem Tode weiter, sie waren seine beste Hinterlassenschaft.

Von niemandem erzählte man so gerne wie vom König selbst; aber nächst ihm liebte man es, vom General auf Hedeby zu reden, den man gesehen und gesprochen hatte, und den man vom Scheitel bis zur Sohle beschreiben konnte.

Der General war so stark gewesen, daß er Eisen biegen konnte, wie andere Hobelscharten biegen. Er hatte erfahren, daß in Smedsby, unten in Svartsjö, ein Schmied wohnte, der die besten Hufeisen in der Umgegend machte. Der General ritt zu ihm hinunter und bat Michel, er möge sein Pferd beschlagen. Als nun der Schmied mit einem fertigen Hufeisen aus der Schmiede kam, fragte der General, ob er es ansehen könne. Das Hufeisen war ja stark und gut gemacht, aber der General lachte nur auf, als er es sah. »Soll man das hier ein Eisen nennen?« sagte er, und damit bog er das Hufeisen auf und brach es entzwei. Der Schmied erschrak, er glaubte, daß er seine Sache schlecht gemacht hatte. »Es muß ein Sprung im Eisen gewesen sein«, sagte er und holte rasch ein anderes Hufeisen. Aber es ging mit diesem wie mit dem ersten, nur mit dem Unterschied, daß dieses hier zusammengeklappt wurde wie eine Schere, bis es ebenfalls brach. Aber da begann Michel den Braten zu riechen. »Entweder bist du König Karl selbst, oder auch der Starke Bengt auf Hedeby«, sagte er zu dem General. – »Nicht so übel geraten, Michel«, sagte der General, und hierauf gab er ihm die volle Bezahlung für vier neue Hufeisen, wie auch für die beiden, die er ihm zerbrochen hatte.

Es waren noch viele andere Geschichten über den General im Umlauf, und sie wurden erzählt und wieder erzählt, und es gab nicht einen Menschen im ganzen Kirchspiel, der nicht von ihm wußte, und Ehrfurcht und Bewunderung für ihn hegte. Und von seinem Ring wußte man natürlich auch, man wußte, daß er ihm ins Grab gefolgt war, aber die Gier der Menschen sei so groß gewesen, daß er ihm gestohlen worden wäre.

So daß man sich denken kann, daß, wenn etwas imstande war, die Leute neugierig, eifrig und erregt zu machen, es dies war, daß der Ring wiedergefunden und wieder verloren worden war, daß man Ingilbert tot im Walde gefunden hatte, und daß die Olsbyleute jetzt in dem Verdacht standen, sich den Ring angeeignet zu haben, und im Gefängnis saßen. Als die Kirchenbesucher Sonntag nachmittag heimgewandert kamen, konnte man sich kaum so lange gedulden, bis sie die Kirchenkleider abgelegt und einen Bissen genossen hatten, sie mußten gleich von allem erzählen, was ausgesagt, und allem, was eingestanden worden war, und was man wohl glaubte, zu welcher Strafe die Angeklagten verurteilt werden würden.

Es wurde von gar nichts anderem gesprochen. Jeden Abend hielt man in großen wie in kleinen Hütten, beim Taglöhner wie beim Großbauer, am Herdfeuer Gerichtstag ab. Es war eine schaurige und seltsame Sache, und man konnte ihr schwer auf den Grund kommen. Es hielt nicht so leicht, ein entscheidendes Urteil zu fällen, denn es war schwer, ja fast unmöglich, zu glauben, daß die Ivarsöhne und ihr Pflegesohn einen Mann totgeschlagen haben sollten, um einen Ring an sich zu bringen, gleichviel wie kostbar er sein mochte.

Da war fürs erste Erik Ivarsson. Er war ein reicher Mann mit großen Feldern und vielen Häusern. Wenn er einen Fehler hatte, so war es dies, daß er so selbstbewußt war und allzuviel auf seine Ehre hielt. Aber gerade deshalb konnte man es so schwer in seinen Kopf bringen, daß irgendein Kleinod auf der Welt ihn dazu vermocht haben sollte, eine unehrenhafte Handlung zu begehen.

Noch weniger konnte man seinen Bruder Ivar verdächtigen. Der war freilich arm, aber er wohnte bei dem Bruder und bekam von ihm alles, was er sich nur wünschen konnte. Er war so gutherzig, daß er all das, was sein gewesen war, hergegeben hatte. Wie sollte es einem solchen Manne in den Sinn kommen, zu morden und zu rauben?

Was Paul Eliasson betraf, so wußte man von ihm, daß er bei den Ivarsöhnen in hoher Gunst stand und Marit Erikstochter heimführen sollte, die die einzige Erbin des Vaters war. Sonst war er ja derjenige, den man am ehesten im Verdacht haben konnte, weil er ein geborener Russe war; und von den Russen wußte man ja, daß sie es für keine Sünde halten, zu stehlen. Ivar Ivarsson hatte ihn mitgebracht, als er aus der russischen Gefangenschaft zurückkam. Er war damals drei Jahre alt und elternlos und hätte im eigenen Land wohl Hungers sterben müssen. Nun war er doch in Rechtschaffenheit und Ehrlichkeit auferzogen und hatte sich immer gut betragen. Marit Erikstochter und er waren zusammen aufgewachsen, sie hatten sich immer geliebt, und es hätte sich schlecht gereimt, wenn ein Mann, den Glück und Reichtum erwartete, all dies aufs Spiel gesetzt hätte, indem er einen Ring stahl.

Aber andererseits mußte man an den General denken, den General, von dem man, seit man so klein war, singen und sagen gehört hatte, den Mann, den man so gut kannte wie seinen leiblichen Vater, den General, der groß und stark und glaubwürdig war, den General, der tot war, und dem man das Liebste gestohlen hatte, was er besaß.

Der General hatte gewußt, daß Ingilbert Bardsson den Ring auf der Flucht mit hatte, denn sonst hätte Ingilbert in Ruhe seines Weges ziehen können und wäre nicht getötet worden. Der General mußte auch unterrichtet sein, daß die Olsbyer den Ring genommen hatten, sonst wären sie nicht unterwegs dem Rittmeister begegnet, sie wären nicht gefangengenommen, sie wären nicht im Gewahrsam festgehalten worden.

Es war sehr schwer, in einer solchen Sache das Rechte herauszufinden, aber auf den General verließ man sich mehr als auf König Karl selbst, und in den meisten Gerichtsverfahren, die in den kleinen Hütten geführt wurden, wurde ein Schuldspruch gefällt.

Sicherlich erregte es großes Staunen, als das wirkliche Amtsgericht, das im Thinghause in Broby Thing hielt, nachdem es die Angeklagten auf das Peinlichste verhört hatte, aber ihnen weder eine Schuld nachweisen, noch sie zum Geständnis bringen konnte, sich genötigt sah, die des Mordes und Raubes bezichtigten Männer freizusprechen.

Sie wurden jedoch nicht freigelassen, denn das Urteil des Amtsgerichtes mußte vom Appellationsgericht überprüft werden, und das Appellationsgericht war der Meinung, daß die Olsbyleute schuldig waren und gehängt werden sollten.

Wer auch dieses Urteil wurde nicht vollstreckt, denn das Urteil des Appellationsgerichtes mußte noch vom König bestätigt werden.

Aber als das Königsurteil gefallen war und kundgemacht wurde, da verzichteten die Kirchenbesucher gutwillig darauf, ihr Mittagsbrot zu essen, bevor sie nicht den Daheimgebliebenen seinen Inhalt erzählt hatten.

Denn der Inhalt des Urteils war in kurzen Worten dieser: Da es ganz klar zu sein schien, daß einer der Angeklagten gemordet und gestohlen hatte, aber keiner von ihnen seine Schuld gestehen wollte, sollte ein Gottesgericht zwischen ihnen entscheiden. Sie sollten beim nächsten Thing in Anwesenheit des Richters, der Schöffen und der Gemeinde miteinander würfeln. Wer den niedrigsten Wurf tat, sollte für schuldig gelten und ob seiner Missetat des Lebens am Galgen verlustig sein, aber die übrigen beiden sollten alsbald freigelassen werden und zu ihrem Tagewerk zurückkehren.

8.

Dies war ein weises Urteil, ein gerechtes Urteil. Alle hier unten im Värmeland waren damit zufrieden. War es nicht schön von dem alten König, daß er sich nicht vermaß, in dieser dunklen Sache klarer zu sehen als irgendein anderer, sondern sie dem Allmächtigen anheimstellte? Nun endlich konnte man sicher sein, daß die Wahrheit an den Tag kommen würde.

Außerdem war es etwas ganz Eigenes um dieses Gerichtsverfahren. Es wurde nicht von Mann gegen Mann geführt, sondern ein Toter war Partei in der Sache, ein Toter, der darauf bestand, sein Eigentum wiederzubekommen.

In anderen Fällen konnte man zögern, seine Zuflucht zu den Würfeln zu nehmen, nicht so in diesem. Der tote General wußte schon, wer es war, der ihm sein Eigentum vorenthielt. Das war ja das beste an dem Königsurteil, daß es dem alten General Gelegenheit gab, freizusprechen und zu verurteilen.

Man mußte fast glauben, daß König Fredrik dem General die Entscheidung überlassen wollte. Er hatte ihn vielleicht in alten Kriegszeiten gekannt und wußte, daß er ein Mann war, auf den man sich verlassen konnte. Dies mochte es wohl sein. Es war nicht so leicht zu sagen.

Wie es sich auch damit verhielt, so wollte man an diesem Tage, an dem das Gottesurteil fallen sollte, gern mit beim Thing dabei sein. Ein jeder, der nicht zu alt war, um zu gehen, oder zu klein, um zu kriechen, machte sich auf den Weg. Solch ein merkwürdiges Ereignis hatte sich schon seit Jahr und Tag nicht zugetragen. Man konnte sich nicht damit zufrieden geben, früher oder später von anderen zu hören, wie alles abgelaufen war. Nein, hier mußte man schon selbst mit dabei sein.

Freilich lagen die Gehöfte verstreut, und man konnte sonst meilenweit fahren, ohne einem Menschen zu begegnen, aber als alle aus dem Kirchspiel an einem Platz zusammenkamen, waren sie fast erstaunt, wie viele ihrer waren. Sie standen dichtgedrängt in vielen Reihen vor dem Thinghause. Es sah so aus, als wenn ein Bienenschwarm an einem Sommertag schwarz und schwer vor dem Bienenkorb hängt. Sie waren auch darin wie schwärmende Bienen, daß sie sich nicht in ihrer gewöhnlichen Gemütsverfassung befanden. Sie waren nicht still und feierlich, wie sie in der Kirche zu sein pflegten, auch nicht fröhlich und gutmütig wie auf dem Markte, sondern wild und reizbar, sie waren von Haß und Rachsucht besessen.

Kann sich jemand darüber wundern? Sie hatten den Schreck vor Missetätern mit der Muttermilch eingesogen, sie waren mit Wiegenliedern von umherstreifenden Geächteten in den Schlaf gelullt worden. Sie betrachteten alle Diebe und Mörder als Wechselbälge, als Teufelsbraten, sie sahen sie nicht mehr für Menschen an. Sie dachten gar nicht daran, gegen solche Barmherzigkeit zu zeigen.

Sie wußten, daß einem solchen schrecklichen Wesen an diesem Tage sein Urteil gesprochen werden würde, und sie freuten sich darüber. »Nun kommt doch Gott sei Lob und Dank solch ein blutdürstiger Unhold ums Leben«, dachten sie. »Jetzt kann er wenigstens keine Gelegenheit mehr finden, uns etwas anzutun.«

Das Gottesgericht sollte nicht drinnen im Thingsaale stattfinden, sondern draußen im Freien vor sich gehen. Schlimm war es freilich, daß eine Kompagnie Soldaten eine Hecke rings um den Platz vor dem Thinghause bildete, so daß man nicht nahe genug kommen konnte, und die Leute warfen den Soldaten wahrlich viele Schimpfworte zu, weil sie ihnen im Wege standen. Das hätten sie sonst nicht getan, aber heute waren sie kühn und unerschrocken.

Sie hatten sich ja in aller Frühe von daheim aufmachen müssen, um einen Platz in der Nähe des Kordons zu bekommen, so daß sie nun schon viele lange Stunden hier standen und warteten. Der Gerichtsdiener kam aus dem Thinghaus und stellte eine große Trommel mitten auf dem Platz auf. Das war doch eine Freude, denn da sah man ja, daß die dort drinnen saßen, im Sinne hatten, die Sache noch vor Abend in Gang zu setzen. Der Gerichtsdiener trug auch einen Stuhl und einen Tisch heraus, sowie Tintenfaß und Feder für den Schreiber. Zuletzt brachte er einen kleinen Becher, in dem ein paar Würfel rasselten. Er warf sie einmal ums andere auf die Trommel. Er wollte wohl ausprobieren, ob sie richtig waren und einmal so und einmal anders fielen, wie Würfel fallen sollen.

Dann eilte er schleunigst wieder hinein, und das war nicht zu verwundern, denn sowie er sich nur zeigte, riefen ihm die Leute Bosheiten und Witzeleien zu. Das hätten sie sonst nicht getan, aber an diesem Tage waren sie rein außer Rand und Band.

Richter und Schöffen wurden durch den Kordon gelassen und wanderten oder ritten zum Thinghaus hinauf.

Sobald einer von ihnen sich zeigte, kam Leben in die Menge. Es war nicht so, daß man flüsterte und zischelte, wie man es sonst getan hätte. O, nein. Man rief Begrüßungen und Bemerkungen mit ganz lauter Stimme. Man konnte ihnen ja nichts tun, es waren ihrer zu viele, und es war nicht mit ihnen zu spaßen. Die Herrschaften, die anlangten, wurden auch in das Thinghaus hineingelassen. Da war Löwensköld auf Hedeby und der Propst von Bro und der Gutsherr von Ekeby und der Kapitän auf Helgesäter, und natürlich noch viele andere. Und sie bekamen alle zu hören, wie gut sie es hatten, daß sie nicht hier draußen zu stehen und sich um einen Platz zu balgen brauchten, und noch vieles andere obendrein.

Wenn schon gar niemand mehr da war, dem man Schimpfworte zuwerfen konnte, so richtete man sie gegen ein junges Mägdlein, das sich so nahe wie möglich vom Kordon hielt. Sie war klein und zart, und einmal ums andere versuchten die Burschen sich durchzudrängen und ihren Platz einzunehmen, aber wenn dies geschah, dann riefen ihnen jene, die in der Nähe standen, zu, sie sei die Tochter von Erik Ivarsson aus Olsby, und nach dieser Aufklärung ließ man sie in Frieden.

Aber dafür hagelten Sticheleien auf sie herab. Sie wurde gefragt, was ihr lieber wäre, wenn ihr Vater oder wenn ihr Bräutigam gehängt würde.

Und man wunderte sich, warum sie, die die Tochter eines Diebes war, den besten Platz haben sollte.

Und die weit aus den Wäldern kamen, staunten, daß sie den Mut hatte, hier stehen zu bleiben, aber da bekamen sie etwas zu hören. Die kannte keine Furcht, die Kleine, sie war bei jeder Verhandlung mit dabei gewesen, und kein einziges Mal hatte sie geweint, sondern war immer ganz ruhig geblieben. Sie hatte den Angeklagten zugenickt und sie angelächelt, als sei sie sicher, daß sie am nächsten Tage freigelassen würden. Und die Angeklagten hatten neuen Mut gefaßt, wenn sie sie gesehen hatten. Sie hatten sich gedacht, daß es doch wenigstens eine gab, die wußte, daß sie unschuldig waren. Eine gab es, die nicht glauben konnte, daß ein armseliger Goldring sie zum Verbrechen verleiten konnte.

Schön, sanft und geduldig war sie im Gerichtssaal gesessen. Sie hatte nie jemanden gereizt, nein, sie hatte sich auch den Richter und die Schöffen und den Amtmann zu Freunden gemacht. So etwas hätten sie wohl nicht selbst zugegeben, aber man wollte wissen, daß das Amtsgericht die Angeklagten nicht freigesprochen hätte, wenn sie nicht beim Thing dabei gewesen wäre. Es war so ganz unmöglich zu glauben, daß jemand, den Marit Erikstochter lieb hatte, sich ein Verbrechen zuschulden kommen lassen konnte.

Und nun war sie auch hier mit dabei, damit die Gefangenen sie sahen. Sie stand hier, um ihnen zur Stärkung und zum Trost zu dienen. Sie wollte während der Probe für sie beten, sie Gottes Gnade anempfehlen.

Man konnte ja nicht wissen. Es heißt ja, der Apfel fällt nicht weit vom Stamm, aber immerhin, sie sah gut und unschuldig aus. Und ein liebevolles Herz hatte sie, wenn sie da stehenbleiben konnte, wo sie stand.

Sie mußte ja alles gehört haben, was ihr zugerufen wurde. Aber sie antwortete weder, noch weinte sie, noch versuchte sie zu entfliehen. Sie wußte, daß die unglücklichen Gefangenen sich freuen würden, wenn sie sie sahen. Sie war ja die einzige, die einzige in der ganzen großen Menge, die ein menschlich fühlendes Herz für sie hatte.

Aber wie immer, ganz vergebens stand sie doch nicht da. Da war der eine oder andere unter ihnen, der eigene Töchter hatte, ebenso sanft und unschuldig wie sie hier, und der dachte in seinem Herzen, daß er sie nicht gerne da stehen sähe, wo sie stand.

Man hörte nun doch hier und da eine Stimme, die sie verteidigte, oder wenigstens versuchte, die Witzbolde und Schreihälse zum Schweigen zu bringen.

Nicht nur weil das lange Warten ein Ende nahm, sondern auch um Marit Erikstochter willen war man froh, als die Türen des Thinghauses geöffnet wurden und das Verfahren seinen Anfang nahm. In feierlichem Zuge kamen zuerst die Gerichtsdiener, der Amtmann und die Gefangenen, die frei waren, ohne Fesseln und Bande, aber ein jeder von zwei Soldaten bewacht. Dann zeigten sich der Küster, der Propst, die Schöffen, der Schreiber und der Richter. Nach all diesen schritten die Herrschaften und einige Bauern, die so großes Ansehen genossen, daß sie auch innerhalb des Kordons sein durften.

Der Amtmann und die Gefangenen stellten sich an der linken Seite des Thinghauses auf, der Richter und die Schöffen nahmen rechts Aufstellung, die Herrschaften blieben in der Mitte stehen. Der Schreiber nahm mit seinen Papierrollen an dem Tische Platz. Die große Trommel stand noch immer mitten auf dem Platz. Nichts verdeckte sie.

In demselben Augenblick, in dem der Zug sich zeigte, gab es in der Volksmasse ein Drängen und Vorwärtsstürmen. Mehrere große und starke Burschen suchten sich einen Weg in die erste Reihe zu bahnen. Vor allem legten sie es darauf an, Marit Erikstochter zu vertreiben. Doch in der Angst, an einen rückwärtigen Platz gedrängt zu werden, bückte sie sich, und klein und zart, wie sie war, schlüpfte sie zwischen den Beinen von ein paar Soldaten durch und war nun innerhalb des Kordons.

Dies verstieß gegen alle gute Ordnung und der Amtmann gab auch dem Gerichtsdiener einen Wink, Marit Erikstochter fortzuschaffen. Der Gerichtsdiener begab sich sofort zu ihr hin, legte ihr die Hand auf die Schulter wie um sie zu verhaften und führte sie zum Thinghaus hinauf. Aber als sie glücklich in dem Menschenhaufen waren, der dort draußen stand, ließ er sie los. Er hatte sie oft genug gesehen, um zu wissen, daß, wenn sie nur in der Nähe der Gefangenen stehen durfte, sie nicht versuchen würde, durchzubrennen; und wenn der Amtmann ihr einen Verweis zu erteilen wünschte, würde sie leicht zu finden sein.

Aber wer hatte denn jetzt überhaupt Zeit, an Marit Erikstochter zu denken? Der Propst und der Küster waren vorgetreten und hatten sich mitten auf dem Platze aufgestellt. Beide nahmen den Hut vom Kopfe, und der Küster stimmte einen Psalm an und begann zu singen. Und als die, die außerhalb der Soldatenkette standen, den Psalm hörten, da dämmerte es ihnen auf, daß etwas Großes und Bedeutsames geschehen sollte, das Bedeutsamste, was sie je miterlebt hatten: eine Anrufung der allmächtigen, allwissenden Gottheit, um ihren Willen zu erkunden.

Noch andächtiger wurden die Menschen, als der Propst sprach. Er betete zu Christus, Gottes Sohn, der selbst einmal vor dem Richterstuhl des Pilatus gestanden hatte, sich dieser Angeklagten zu erbarmen, auf daß ihnen kein ungerechtes Urteil wurde. Er bat ihn auch, sich der Richter zu erbarmen, so daß sie keinen Unschuldigen zum Tode verurteilen mußten.

Zum Schluß bat er ihn, sich der Gemeinde zu erbarmen, so daß sie nicht Zeuge eines großen Unrechtes wurde, wie einstmals die Juden auf Golgatha.

Sie hörten alle dem Propst mit entblößten Köpfen zu. Sie dachten nicht mehr ihre armen irdischen Gedanken. Sie waren in ganz anderer Gemütsverfassung. Es dünkte ihnen, daß er Gott selbst hernniederrief, sie fühlten seine Gegenwart.

Es war ein schöner Herbsttag, über den blauen Himmel trieben kleine weiße Wölkchen und die Bäume waren voll von goldenem Laub. Zugvögelscharen flogen unablässig über ihren Köpfen dem Süden zu. Es war etwas Ungewöhnliches, daß man so viele an einem Tag sah. Es war ihnen, als hätte dies etwas zu bedeuten. War es ein Zeichen von Gott, daß er ihr Vorhaben billigte?

Als der Propst geendet hatte, trat der Landeshauptmann vor und verlas das Königsurteil. Es war lang, und viele Wendungen konnten sie nur schwer verfolgen. Aber sie verstanden, daß die weltliche Macht gleichsam ihr Zepter und ihr Schwert niederlegte, ihre Klugheit und ihr Wissen und von Gott die Führung erbat. Und sie beteten, sie beteten alle, daß Gott sie führen und leiten möge.

Hierauf nahm der Amtmann die Würfel und bat den Richter und einige andere der Anwesenden, damit zu werfen, um zu sehen, ob sie in Ordnung seien. Und man hörte den Fall der Würfel auf das Trommelfell mit einem seltsamen Beben. Diese kleinen Dinger, die so manchen Mannes Unglück gewesen, sollten sie nun für würdig erachtet werden, Gottes Willen zu künden?

Als die Würfel ausprobiert waren, wurden die drei Gefangenen vorgeführt. Zuerst wurde der Becher Erik Ivarsson gereicht, der der Älteste war. Aber zugleich erklärte ihm der Amtmann, daß dies noch nicht die endgültige Entscheidung war. Jetzt sollten sie nur würfeln, um die Reihenfolge untereinander zu bestimmen.

Dieser erste Gang fiel so aus, daß Paul Eliasson den niedrigsten Wurf machte und Ivar Ivarsson den höchsten. Er war es also, der beginnen sollte.

Die drei Angeklagten trugen dieselben Kleider, die sie angehabt hatten, als sie auf ihrem Heimwege aus der Sommeralm dem Rittmeister begegnet waren, doch sie waren jetzt zerrissen und beschmutzt. Und ebenso hergenommen wie die Kleider waren die, die sie anhatten. Aber allen schien es, als sei Ivar Ivarsson derjenige, der sich unter den dreien am besten gehalten hatte. Das kam wohl daher, daß er Soldat gewesen und in Krieg und Gefangenschaft durch viele Leiden abgehärtet war. Er hielt sich noch gerade und hatte ein mutiges und unerschrockenes Auftreten.

Als Ivar Ivarsson zur Trommel hintrat und den Becher mit den Würfeln aus der Hand des Amtmanns entgegennahm, wollte dieser ihm zeigen, wie er den Becher zu halten und wie er zu werfen hatte. Aber da huschte ein Lächeln um die Lippen des Alten.

»Das ist nicht das erstemal, daß ich mit Würfeln spiele, Herr Amtmann«, sagte er mit so lauter Stimme, daß alle ihn hörten. »Der Starke-Bengt aus Hedeby und ich haben uns so manchen Abend dort draußen in den Steppenländern damit ergötzt. Aber nie hätte ich geglaubt, daß ich noch einmal mit ihm spielen müßte.«

Der Amtmann wollte ihn zur Eile antreiben, aber alle hörten ihm gerne zu. Das war ein tapferer Kerl, der noch scherzen konnte, wenn er vor einer solchen Entscheidung stand.

Nun faltete er beide Hände über dem Becher, und man sah, daß er betete. Als er sein Vaterunser gesprochen hatte, rief er mit lauter Stimme: »Und nun bitte ich dich, Herr Jesu Christ, der du meine Unschuld kennst, daß du mir aus Gnade einen niedrigen Wurf gewährst, denn ich habe weder Kind noch Liebste, die um mich weinen.«

Als dies gesagt war, schleuderte er die Würfel auf das Trommelfell, so daß es dröhnte.

Und alle, die draußen standen, wünschten in diesem Augenblick, daß Ivar Ivarsson frei werden sollte. Sie hatten ihn gern, weil er tapfer und gut war. Sie konnten nicht begreifen, daß sie ihn je für einen Missetäter gehalten hatten.

Es war beinahe unerträglich, so weit weg zu stehen und nicht zu wissen, wie die Würfel gefallen waren. Richter und Amtmann beugten sich vor, um zu sehen, die Schöffen und die anwesenden Standespersonen näherten sich und sahen den Ausgang. Alle schienen betroffen, einige nickten Ivar Ivarsson zu, ein paar schüttelten ihm die Hand, aber die Menge bekam nichts zu wissen. Man murrte und knurrte.

Da winkte der Richter dem Amtmann, und dieser stieg auf die Treppenstufe vor dem Thinghause, damit man ihn besser sehen und hören konnte.

»Ivar Ivarsson hat sechs-sechs geworfen, was der höchste Wurf ist.«

Man begriff, daß Ivar Ivarsson freigesprochen war und man freute sich darüber. Mehrere fingen an zu rufen: Glück auf, Ivar Ivarsson!

Aber nun geschah etwas, was alle in Erstaunen setzte. Paul Eliasson brach in laute Freudenrufe aus, riß die Mütze vom Kopf und warf sie in die Luft. Dies kam so unerwartet, daß die Wächter ihm keinen Einhalt tun konnten. Aber man verwunderte sich über Paul Eliasson. Es war ja richtig, daß Ivar Ivarsson ein Vater für ihn gewesen war, doch nun galt es das Leben. Konnte er sich wirklich darüber freuen, daß ein anderer freigesprochen war?

Gleich darauf wurde die frühere Ordnung wiederhergestellt. Die Obrigkeitspersonen gingen nach rechts, die Gefangenen und die Wachmannschaft nach links, die anderen Zuschauer zogen sich zum Thinghaus hinauf, so daß die Trommel frei in der Mitte stand, von allen Seiten sichtbar. Nun war es Erik Ivarsson, der die Todesprobe bestehen sollte.

Heran kam ein gebrochener, alter Mann mit schwankendem unsicherem Gang. Man glaubte ihn kaum wiederzuerkennen. Konnte dies Erik Ivarsson sein, der immer so fest und gebieterisch aufgetreten war? Sein Blick war trübe, und viele glaubten, daß er sich dessen, was ihm bevorstand, kaum bewußt war. Aber als er den Becher mit den Würfeln in der Hand hatte, machte er einen Versuch, den Rücken emporzurichten und einige Worte zu sagen.

»Ich danke Gott, daß mein Bruder Ivar Ivarsson jetzt freigesprochen ist«, sagte er, »denn wenn ich gleich in dieser Sache ebenso unschuldig bin wie er, so ist er doch immer der bessere von uns beiden gewesen. Und ich bete zu unserem Herrn Christus, daß er mich einen schlechten Wurf tun läßt, auf daß meine Tochter dem angetraut werden könne, den sie liebt, und glücklich mit ihm lebe bis ans Ende ihrer Tage.«

Es war mit Erik Ivarsson so wie mit vielen Alten, daß seine einstmalige Kraft in der Stimme gesammelt schien. Was er sagte, das hörten alle, und es erweckte große Rührung. Es sah Erik Ivarsson so gar nicht ähnlich, einzugestehen, daß irgendeiner mehr gewesen war als er, und sich den Tod zu wünschen, um einen anderen glücklich zu machen. In der ganzen Volksmenge war nicht einer, der sich ihn noch als einen Räuber und Dieb denken konnte. Man stand da mit Tränen in den Augen und betete zu Gott, daß er einen hohen Wurf machen möchte.

Er schüttelte die Würfel im Becher kaum, sondern drehte ihn nur um und ließ sie fallen. Seine Augen waren zu alt, als daß er die Punkte auf den Würfeln unterscheiden konnte, und er wandte den Blick gar nicht hin, sondern stand da und starrte in die Luft.

Aber der Richter und die übrigen eilten herbei, und man sah denselben Ausdruck des Staunens auf ihren Gesichtern wie das vorige Mal.

Es war, als hätte die Menge vor dem Kordon noch lange bevor der Amtmann den Ausgang verkündete, begriffen, was vorgegangen war. Da war eine Frau, die rief: »Gott segne dich, Erik Ivarsson!« Und nach ihr hörte man einen vielstimmigen Ruf: Gott sei Lob und Dank, daß er dir geholfen hat, Erik Ivarsson.

Paul Eliassons Mütze flog in die Luft wie das erstemal, und wieder wunderte man sich. Dachte er nicht daran, was dies für ihn selbst bedeutete?

Erik Ivarsson stand stumpf und gleichgültig da, nicht ein Aufleuchten glitt über seine Züge. Man dachte, vielleicht wartet er darauf, daß der Amtmann den Ausgang verkündet, aber auch nachdem dies geschehen war und er erfahren hatte, daß er wie sein Bruder sechs-sechs geworfen, blieb er unbewegt. Er wollte zu seinem früheren Platz zurückschwanken, war aber so ermattet, daß der Gerichtsdiener den Arm um ihn legen mußte, um ihn aufrecht zu erhalten.

Nun war Paul Eliasson an der Reihe, zur Trommel hinzutreten und den Glückswurf zu tun. Und alle wandten ihm ihre Blicke zu. Sie waren schon lange vor der Probe der Meinung gewesen, daß er der eigentliche Verbrecher sein müsse, und nun war er ja sozusagen schon verurteilt, denn einen höheren Wurf als die Ivarsöhne getan, gab es auf den Würfeln nicht.

Man war nicht unzufrieden mit diesem Ausgange, aber nun sah man, daß Marit Erikstochter sich zu Paul Eliasson hingeschlichen hatte.

Er hielt sie nicht in seinen Armen, und kein Kuß, keine Liebkosung wurde zwischen ihnen getauscht, sie stand nur da, eng an ihn gelehnt, und er hatte den Arm um ihre Mitte gelegt. Niemand konnte so recht sagen, ob sie schon lange so dastanden, denn aller Aufmerksamkeit war auf das Würfelspiel gerichtet gewesen.

Da standen sie nun jedenfalls Seite an Seite, in unerforschlicher Weise zusammengeführt, trotz Wachmannschaft und Obrigkeit, trotz der Tausende von Zuschauern, trotz des furchtbaren Spiels um Leben und Tod, in das sie verstrickt waren.

Es war Liebe, aber es war etwas über aller irdischen Liebe, das sie vereinte. Sie hätten so stehen können an einem Sommermorgen, nachdem sie die ganze Nacht miteinander getanzt und sich das erstemal gesagt hatten, daß sie Mann und Frau werden wollten. Sie hätten so stehen können nach der ersten Abendmahlfeier, als sie alle Sünde aus der Seele gelöscht fühlten. Sie hätten so stehen können, wenn sie beide das Grauen des Todes erlitten hätten, und ins Jenseits gekommen wären und sich wieder getroffen und erkannt hätten, daß sie für Zeit und Ewigkeit zusammengehörten.

Sie stand da und sah ihn in inniger Liebe an, und irgend etwas sagte diesen Menschen, daß sie gerade Paul Eliasson ihr Mitleid schenken sollten. Er war ein junger Baum, der nicht bis zur Blüte und Fruchtzeit stehen bleiben durfte, er war ein Roggenfeld, das niedergetreten werden sollte, bevor es noch etwas von seinem Reichtum geschenkt.

Still löste er den Arm von Marits Mitte und folgte dem Amtmann zur Trommel. Man merkte ihm keine Unruhe an, als er den Becher in der Hand hatte. Er hielt keine Ansprache an das Volk wie die anderen, sondern er wandte sich an Marit.

»Hab keine Angst!« sagte er. »Gott weiß, daß ich ebenso unschuldig bin wie die anderen.«

Hierauf schüttelte er die Würfel gleichsam tändelnd und ließ sie im Becher herumschnurren, bis sie über den Rand kamen und auf das Trommelfell fielen.

Regungslos stand er da und folgte ihnen mit dem Blick, aber als sie endlich beide still lagen, brauchten die Versammelten nicht darauf zu warten, daß der Amtmann den Ausgang verkünde. Paul Eliasson rief selbst mit lauter Stimme:

»Ich habe sechs-sechs geworfen, Marit. Ich habe sechs-sechs geworfen, ich wie die anderen.«

Es kam ihm nichts anderes in den Sinn, als daß er damit freigesprochen war, und er konnte sich vor lauter Freude nicht still verhalten. Er sprang in die Höhe, er warf die Mütze in die Luft, er schloß den Soldaten, den er neben sich hatte, in die Arme und küßte ihn.

Da dachten alle: man sieht, daß er ein Russe ist. Wenn er ein Schwede wäre, würde er nicht so vorzeitig jubeln.

Der Richter, der Amtmann, die Schöffen und die Herrschaften gingen gemächlich und ruhig zur Trommel hin und betrachteten die Würfel. Aber sie sahen diesmal nicht fröhlich drein. Sie schüttelten die Köpfe, und da war niemand, der Paul Eliasson zu dem Ausgang beglückwünschte.

Zum drittenmal trat der Amtmann auf die Vortreppe des Thinghauses und verkündete:

»Paul Eliasson hat sechs-sechs geworfen, was der höchste Wurf ist.«

Eine heftige Bewegung entstand in der Volksmenge, aber kein Jubel. Da war niemand, der dachte, es könnte irgendein Betrug begangen worden sein, so etwas war unmöglich. Aber allen war ängstlich zumute, weil das Gottesgericht keine Klarheit gebracht hatte.

War es so, daß alle drei Angeklagten gleich unschuldig waren, oder war es so, daß sie alle gleich schuldig waren?

Man sah Rittmeister Löwensköld eifrig auf den Richter zueilen. Er wollte wohl sagen, daß damit nichts entschieden war, aber der Richter wandte sich ziemlich jäh von ihm ab.

Der Richter und die Schöffen zogen sich in das Thinghaus zurück, um zu beraten, und unterdessen wagte es niemand, sich zu rühren oder zu sprechen, kaum zu flüstern. Auch Paul Eliasson verhielt sich still. Er schien jetzt zu begreifen, daß man das Gottesurteil in mehr als einer Weise auslegen konnte.

Nach kurzer Beratung zeigte sich der Gerichtshof wieder, und der Richter verkündete, das Amtsgericht sei geneigt, den Ausgang so zu deuten, daß alle drei Angeklagten freigesprochen werden sollten.

Paul Eliasson riß sich von seinen Wächtern los und warf wieder im hellsten Jubel seine Mütze in die Luft, aber dies war ein wenig verfrüht, denn der Richter fuhr fort:

»Doch muß diese Auffassung des Amtsgerichtes dem König unterbreitet werden, durch einen Kurier, der noch am heutigen Tage nach Stockholm abgehen soll, und müssen die Angeklagten im Gewahrsam verbleiben, bis Sr. Königlichen Majestät Bestätigung des Urteils des Amtsgerichts erflossen ist.

9.

An einem Herbsttag, etwa dreißig Jahre nach dem denkwürdigen Würfelspiel vor dem Brobyer Thinghause, saß Marit Erikstochter auf der Vortreppe zum kleinen Speicher des Olsbyer Hofes, wo sie ihre Wohnung hatte, und strickte ein Paar Kinderfäustlinge. Sie wollte ein schönes Muster mit Streifen und Feldern stricken, damit das Kind, dem sie sie zudachte, Freude daran hatte, aber sie konnte sich auf kein Muster besinnen.

Nachdem sie lange dagesessen und mit der einen Stricknadel auf der Stufe gezeichnet hatte, ging sie in den Speicher und öffnete ihre Kleidertruhe, um irgendein Stück hervorzusuchen, nach dem sie stricken konnte. Ganz unten auf dem Boden fand sie eine Zipfelmütze, die kunstfertig gestrickt war, mit vielen verschiedenen Feldern und Streifen, und nachdem sie ein paar Augenblicke gezögert hatte, nahm sie sie mit hinaus auf die Treppe.

Während Marit die Mütze hin und her drehte, um sich über das Strickmuster klar zu werden, bemerkte sie, daß die Motten hineingekommen waren. »Ja, Herrgott, das ist wohl nicht zu verwundern«, dachte sie. »Es ist ja mindestens dreißig Jahre her, seit sie im täglichen Gebrauch war. Es ist gut, daß ich sie jetzt aus der Truhe genommen habe, so daß ich doch sehe, wie es damit steht.«

Die Mütze war mit einer großen, prächtigen, vielfarbigen Troddel versehen, und in dieser schienen sich die Motten besonders wohlgefühlt zu haben, denn als Marit die Mütze schüttelte, flogen die Fäden nur so nach allen Seiten. Ja, auch die Troddel löste sich und fiel ihr in den Schoß. Sie nahm sie auf, um zu sehen, ob sie so übel zugerichtet war, daß man sie nicht mehr befestigen konnte, und dabei sah sie drinnen zwischen den Fäden etwas glänzen. Sie zupfte sie auseinander und fand nun, daß ein großer Siegelring aus Gold mit einem roten Stein vermittelst eines groben Leinenfadens in die Troddel eingenäht war.

Die Troddel und die Mütze fielen ihr aus den Händen. Sie hatte den Ring noch nie gesehen, aber sie brauchte gar nicht die königliche Namenschiffre auf dem Stein zu erblicken, oder die Inschrift auf der Innenseite des Ringes zu lesen, um zu wissen, was für ein Ring das war und wem er gehörte. Sie lehnte sich an das Treppengeländer, schloß die

Augen und saß da, still und bleich wie eine Sterbende. Es war ihr, als sollte ihr das Herz brechen.

Um dieses Ringes willen hatten ihr Vater, Erik Ivarsson, ihr Oheim, Ivar Ivarsson, und ihr Bräutigam, Paul Eliasson, das Leben lassen müssen, und nun mußte sie ihn in die Troddel von Pauls Zipfelmütze eingenäht finden!

Wie war er dahingekommen? Wann war er dahingekommen? Hatte Paul gewußt, daß er da war?

Nein, sie sagte sich sofort, daß er dies unmöglich gewußt haben konnte.

Sie erinnerte sich noch, wie er diese Mütze geschwenkt und sie hoch hinauf in die Luft geworfen hatte, als er glaubte, daß er sowohl wie die alten Ivarsöhne freigesprochen waren.

Sie sah das Ganze vor sich, als wäre es gestern gewesen. Die große Menschenmenge, die anfangs so haßerfüllt und feindlich gegen sie und ihre Nächsten gewesen war, aber schließlich an deren Unschuld geglaubt hatte. Sie erinnerte sich an den herrlichen tiefblauen Herbsthimmel, die Zugvögel, die suchend und irrend über dem Thingplatz hin und her geschwirrt waren. Paul hatte sie gesehen, und in dem Augenblick, in dem sie sich an ihn gelehnt hatte, hatte er ihr zugeflüstert, daß seine Seele bald dort oben in der Höhe umherirren würde wie ein kleiner verirrter Vogel. Und er hatte sie gefragt, ob er kommen und unter der Dachrinne im Olsbyhof horsten dürfe.

Nein, Paul konnte nicht gewußt haben, daß Diebesgut in der Mütze verborgen war, die er zu dem herrlichen Herbsthimmel hinaufwarf.

Es war ein anderer Tag. Ihr Herz krampfte sich jedesmal zusammen, wenn sie daran dachte, aber nun mußte sie es doch.

Es war die Entscheidung von Stockholm gekommen, das Gottesurteil sei so zu deuten, daß alle Angeklagten gleich schuldig waren und durch den Strick hingerichtet werden sollten.

Sie war dabei gewesen, als das Urteil vollstreckt wurde, auf daß die Männer, die sie liebte, doch wußten, daß es einen Menschen gab, der an sie glaubte und um sie trauerte. Aber um derentwillen hätte sie kaum zum Galgenhügel gehen müssen, denn alle Menschen waren seit dem letzten Male anderen Sinnes geworden. All die, die vor der Soldatenkette rings um sie standen, waren gut zu ihr gewesen. Die Leute hatten die Sache unter sich beraten und geprüft, und sie waren zu der Überzeugung gelangt, das Gottesurteil hätte so gedeutet werden müssen, daß alle drei

Angeklagten unschuldig waren. Der alte General hatte sie alle drei den höchsten Wurf tun lassen. Das konnte nichts anderes bedeuten. Keiner von ihnen hatte seinen Ring genommen.

Es hatte sich ein allgemeines Wehklagen erhoben, als die drei Männer herausgeführt wurden. Frauen hatten geweint, die Männer waren mit geballten Fäusten und zusammengebissenen Zähnen dagestanden. Man sagte, das Kirchspiel Bro würde zerstört werden, wie Jerusalem, weil hier das Leben unschuldiger Männer genommen wurde. Die Leute hatten den Verurteilten Trostesworte zugerufen und die Büttel verhöhnt. Und viele Fluche hatten den Rittmeister Löwensköld getroffen. Es hieß, er sei in Stockholm gewesen, und es sei seine Schuld, daß das Gottesurteil zum Nachteil der Angeklagten gedeutet worden sei.

Dies, daß alle Menschen ihren Glauben und ihr Vertrauen geteilt hatten, hatte ihr doch immerhin über diesen Tag hinweggeholfen. Und nicht nur über diesen Tag, sondern auch all die Zeit bis jetzt. Wenn die Menschen, die sie traf, sie für die Tochter eines Mörders gehalten hätten, sie hätte das Leben nicht ertragen können.

Paul Eliasson war der erste gewesen, der den kleinen Bretterboden unter dem Galgen bestiegen hatte. Er hatte sich niedergeworfen und zu Gott gebetet, dann hatte er sich an den Geistlichen gewandt, der neben ihm stand, und hatte ihn um etwas gebeten. Hierauf hatte Marit gesehen, wie der Geistliche ihm die Mütze vom Kopfe nahm. Als alles vorüber war, hatte der Pfarrer Marit die Mütze mit einem letzten Gruß von Paul übergeben. Er sandte sie ihr als ein Zeichen, daß er in seinem letzten Stündlein an sie gedacht hatte.

Sollte sie je glauben können, daß Paul ihr die Mütze zum Andenken geschickt hätte, wenn er gewußt hätte, daß gestohlenes Gut darin verborgen war? Nein, wenn etwas auf Erden sicher war, so war es dies, daß er nicht wußte, daß der Ring, der am Finger eines toten Mannes gesteckt hatte, in der Mütze verborgen war.

Marit Erikstochter beugte sich hastig vor, hielt sich die Mütze vor die Augen und betrachtete sie prüfend. »Wo kann nur Paul diese Mütze her gehabt haben?« dachte sie. »Weder ich noch sonst jemand auf dem Hof hat sie ihm gestrickt. Er muß sie auf dem Markte gekauft oder vielleicht mit jemandem anderen getauscht haben.«

Sie drehte die Mütze noch einmal herum und betrachtete das Muster. »Diese Mütze ist sicher einmal schön und schmuck gewesen«, dachte sie. »Paul hatte Putz und Tand gerne. Es war ihm nie recht, wenn wir ihm graue Kleider webten. Er wollte Farben haben. Seine Mützen mußten auch immer womöglich rot sein mit einer großen Troddel. Diese hier hat ihm sicherlich gefallen ...«

Sie legte die Mütze nieder, lehnte sich wieder an das Treppengeländer, um in das Vergangene hineinzublicken.

Sie war im Walde, an jenem Morgen, an dem Ingilbert zu Tode erschreckt worden war. Sie sah, wie Paul zusammen mit ihrem Vater und ihrem Oheim über die Leiche gebeugt dastanden. Die beiden Alten hatten beschlossen, daß Ingilbert in das Dorf hinuntergetragen werden sollte, und sie waren gegangen, um Zweige für die Bahre abzuhauen. Aber Paul hatte noch einen Augenblick gezögert, um Ingilberts Mütze zu betrachten. Er hatte ein solches Verlangen danach, weil sie aus rotem, blauem und weißen Garn in vielen Mustern gestrickt war, und er hatte sie ganz unbemerkt mit seiner eigenen vertauscht. Er hatte nichts Böses damit gemeint. Er hatte sie vielleicht überhaupt nur für ein kleines Weilchen behalten wollen. Seine eigene Mütze, die er Ingilbert gab, war sicherlich ebenso gut gewesen, wenn auch nicht so buntfarbig und nicht so kunstfertig gestrickt.

Aber Ingilbert hatte ja, bevor er von daheim wegwanderte, den Ring in die Mütze eingenäht. Er hatte vielleicht geglaubt, daß er verfolgt werden würde, und darum hatte er versucht, ihn zu verstecken. Und als er dann zu Boden gestürzt war, war es niemandem eingefallen, den Ring in der Mütze zu suchen. Paul Eliasson weniger als irgendeinem anderen.

So war also alles zugegangen! Sie hätte darauf schwören können, aber man kann seiner Sache nie sicher genug sein.

Sie legte den Ring in ihre Truhe, und mit der Mütze in der Hand ging sie in den Stall, um mit der Stallmagd zu sprechen.

»Komm heraus ins Tageslicht, Martha«, rief sie in den dunklen Viehstall, »und hilf mir bei einem Muster, das ich nicht herausbringen kann!«

Als die Stallmagd sich zeigte, reichte sie ihr die Mütze. »Ich weiß, daß du erfahren im Stricken bist, Martha«, sagte sie. »Ich möchte diese Felder abstricken, aber ich komme nicht damit zurecht. Sieh sie einmal an, du! Du bist in dieser Kunst besser bewandert als ich.«

Die Stallmagd nahm die Mütze und warf einen Blick darauf. Sie sah betroffen aus. Sie trat aus dem Schatten der Stallmauer hervor und betrachtete sie noch einmal.

»Wo hast du die her?« fragte sie.

»Sie ist viele Jahre in meiner Truhe gelegen«, sagte Marit. »Warum fragst du so?«

»Weil ich diese Mütze meinem Bruder Ingilbert gestrickt habe, in dem letzten Sommer, den er lebte«, sagte die Stallmagd. »Ich habe sie seit jenem Morgen, an dem er von daheim wegging, nicht mehr gesehen. Wie kann sie jetzt hier sein?«

»Sie ist ihm vielleicht vom Kopfe gefallen, als er niederstürzte«, sagte Marit. »Möglich, daß einer unserer Knechte sie im Walde gefunden und hergebracht hat. – Aber wenn so traurige Erinnerungen damit verknüpft sind, willst du mir vielleicht das Muster nicht abstricken?«

»Wenn du sie mir leihst, kannst du das Muster bis morgen haben«, sagte die Stallmagd.

Sie nahm die Mütze und kehrte in den Stall zurück, aber Marit hörte, daß sie Tränen in der Stimme hatte.

»Nein, du darfst es nicht tun, wenn es dir schmerzlich ist«, sagte sie.

»Nichts ist mir schmerzlich, wenn ich es für dich tun kann, Marit.«

Es war nämlich Marit, die an Martha Bardstochter gedacht hatte, als sie nach dem Tode des Vaters und Bruders allein oben im Walde saß, und sie hatte ihr angeboten, Stallmagd im Olsbyhof zu werden. Martha wurde nicht müde, ihr ihre Dankbarkeit dafür zu bezeigen, daß sie sie wieder hinunter unter die Menschen gebracht hatte.

Marit ging wieder zur Vortreppe des Speichers, nahm die Strickerei zur Hand, hatte aber nicht die Ruhe, zu arbeiten, sondern lehnte den Kopf an das Geländer wie zuvor und suchte sich in das hineinzudenken, was ihr jetzt zu tun oblag.

Wenn jemand im Olsbyhof gewußt hätte, wie jene Frauen auszusehen pflegen, die das Leben hinter sich gelassen haben, um in einem Kloster zu wohnen, dann hätte er gesagt, daß Marit einer solchen glich. Das Antlitz war gelblich-weiß und ganz faltenlos. Für einen Fremden wäre es nahezu unmöglich gewesen, zu sagen, ob sie jung oder alt war. Es lag etwas Friedevolles und Stilles über ihr, wie über jemandem, der aufgehört hat, etwas für sein eigen Teil zu wünschen. Man sah sie nie sehr froh, aber auch nie tief betrübt.

Nach dem schweren Schlage hatte Marit ganz klar gefühlt, daß das Leben für sie zu Ende war. Sie hatte den Hof nach ihrem Vater geerbt, aber sie wußte ja, wenn sie ihn behalten wollte, mußte sie heiraten, damit der Hof einen Herrn hatte. Um dies zu vermeiden, hatte sie das ganze Anwesen einem ihrer Geschwisterkinder überlassen, ohne andere Bezahlung, als daß sie ihre Wohnung und ihren Unterhalt im Hofe hatte, solange sie lebte.

Sie war damit zufrieden und hatte es nie bereut. Da war keine Gefahr, daß ihr aus Mangel an Arbeit die Zeit zu lang werden könnte. Die Leute hatten großes Vertrauen zu ihrer Klugheit und Güte, und sowie eines krank war, pflegte man sie holen zu lassen. Die Kinder schlossen sich auch sehr an sie an. Sie pflegte den ganzen Speicher voll von dem kleinen Völkchen zu haben. Sie wußten, daß sie immer Zeit hatte, ihnen bei ihren kleinen Sorgen beizustehen.

Wie nun Marit so dasaß und nachdachte, was sie weiter mit dem Ring beginnen sollte, stieg ein heißer Zorn in ihr auf. Sie dachte, wie leicht er hätte gefunden werden können. Warum hatte der General nicht dafür gesorgt, daß er entdeckt wurde? Er hatte doch die ganze Zeit über gewußt, wo er sich befand, das konnte sie jetzt verstehen. Aber warum hatte er es nicht so eingerichtet, daß Ingilberts Mütze untersucht wurde? Anstatt dessen ließ er drei Unschuldige um des Ringes willen den Tod erleiden. Dazu hatte er die Macht gehabt, nicht aber dazu, den Ring ans Tageslicht kommen zu lassen.

Marit hatte im ersten Augenblick daran gedacht, mit ihrer Geschichte zum Propst zu gehen und ihm den Ring zu übergeben; aber nein, sie wollte nicht.

Es war so, daß Marit, wo immer sie sich zeigte, in der Kirche und bei Gastmählern, mit großer Zuvorkommenheit behandelt wurde. Unter der Geringschätzung, die auf der Tochter eines Missetäters zu ruhen pflegte, hatte sie nie zu leiden gehabt. Die Leute hatten die feste Überzeugung, daß da ein Unrecht begangen worden war, und sie wollten es gut machen. Auch die Herrschaften pflegten auf Marit zuzugehen, wenn sie sie auf dem Kirchenhügel sahen, und ein paar Worte mit ihr zu wechseln. Selbst die Familie auf Hedeby – ja, nicht der Rittmeister selbst, aber seine Frau und Schwiegertochter – hatten etliche Versuche gemacht, sich Marit zu nähern. Aber ihnen gegenüber hatte sie sich immer abweisend verhalten. Seit dem Gerichtsverfahren hatte sie zu keinem aus diesem Hause ein Wort gesprochen.

Sollte sie jetzt vortreten und eingestehen, daß die Hedebyer in gewisser Weise recht gehabt hatten? Es hatte sich gezeigt, daß der Ring im Besitz der Olsbymänner gewesen war. Vielleicht würde man sogar kommen und sagen, sie hätten gewußt, wo er sich befand, und sie hätten das

Gefängnis und die Verhöre nur in der Hoffnung, freigesprochen zu werden und ihn dann verkaufen zu können, über sich ergehen lassen.

Auf alle Fälle sagte sich Marit, daß es als eine Ehrenrettung für den Rittmeister und auch für seinen Vater angesehen werden würde, wenn sie den Ring brachte und erzählte, wo sie ihn gefunden hatte. Aber Marit wollte nichts tun, was für die Löwenskölds gut und vorteilhaft war.

Rittmeister Löwensköld war nun ein Mann von achtzig Jahren, reich und mächtig, geachtet und angesehen. Der König hatte ihn zum Baron gemacht, und kein Unglück hatte ihn je getroffen. Er hatte vortreffliche Söhne, und auch sie waren wohlbestallt und gut verheiratet.

Dieser Mann hatte Marit alles genommen, alles, alles. Sie saß da einsam, ohne Hab und Gut, ohne Mann, ohne Kinder, durch sein Verschulden. Sie hatte viele Jahre darauf gewartet, daß eine Strafe ihn ereilen würde. Aber nichts war eingetroffen.

Marit fuhr aus ihren tiefen Gedanken empor. Sie hatte gehört, wie kleine Kinderfüße rasch über den Hof gelaufen kamen, und da wußte sie schon, daß das ihr galt.

Es waren zwei Jungen von zehn, elf Jahren. Der eine war der Sohn des Hauses, Nils, den anderen kannte sie nicht. Sie waren wirklich gekommen, sie um einen Gefallen zu bitten.

»Marit«, sagte Nils, »das ist Adrian aus Hedeby. Wir haben drüben auf dem Weg miteinander Reifen gespielt, aber dann haben wir uns gestritten, und ich habe Adrian die Mütze zerrissen.«

Marit saß da und sah Adrian an. Ein schöner Knabe mit etwas Sanftem und Freundlichem im Wesen. Sie griff sich ans Herz. Sie fühlte immer Schmerz und Beklommenheit, wenn sie einen Löwensköld sah.

»Wir sind jetzt wieder gut«, sagte Nils. »Und da wollt' ich dich fragen, ob du Adrian die Mütze ausbessern willst, bevor er nach Hause geht.«

»Ja«, sagte Marit, »ja, das will ich.«

Sie nahm die zerrissene Mütze und stand auf, um in den Speicher zu gehen.

»Das muß ein Wink des Himmels sein«, murmelte sie.

»Spielt jetzt ein bißchen hier draußen auf dem Hof«, sagte sie zu den Buben, »es wird gleich geschehen sein.«

Sie schloß die Tür des Speichers hinter sich und saß allein dort drinnen, während sie die Löcher in Adrian Löwenskölds Zipfelmütze ausbesserte.

10.

Wieder vergingen einige Jahre, ohne daß man etwas von dem Ring hörte. Aber da geschah es, daß Jungfer Malvina Spaak im Jahre 1778 als Hausmamsell nach Hedeby kam. Sie war eine arme Pastorstochter aus Sörmland, hatte noch nie den Fuß nach Värmeland gesetzt und hatte keine Ahnung von den Verhältnissen des Hauses, in dem sie dienen sollte.

Noch am selben Tage, an dem sie gekommen war, wurde sie jedoch zur Baronin Löwensköld hineingerufen, um eine recht sonderbare, vertrauliche Mitteilung entgegenzunehmen.

»Ich halte es für das Richtigste«, sagte die Schloßfrau, »der Jungfer gleich zu sagen; es läßt sich nicht leugnen, daß es hier in Hedeby spukt. Es kommt gar nicht so selten vor, daß man auf der Stiege und in den Gängen, ja, manchmal sogar drinnen in den Zimmern einem großen, grobschlächtigen Manne begegnet, der hohe Stulpenstiefel und einen blauen Uniformmantel trägt, ungefähr wie ein alter ›Karoliner‹. Er steht ganz plötzlich vor einem, wenn man eine Tür öffnet, oder zu einem Treppenabsatz kommt, und bevor man sich noch recht wundern kann, wer er sein mag, ist er schon verschwunden. Er tut einem nichts zuleide, ja, wir glauben eher, daß er uns wohl will, und ich bitte die Jungfer, keine Angst zu haben, wenn sie ihm begegnet.«

Jungfer Spaak war damals einundzwanzig Jahre alt, leicht und flink, ganz unbeschreiblich tüchtig in allen erdenklichen häuslichen Arbeiten und Verrichtungen, rührig und entschlossen, so daß jeder Haushalt, den sie führte, wie ein Uhrwerk ging. Aber sie hatte unermeßliche Angst vor Gespenstern, und sie hätte niemals den Platz in Hedeby angenommen, wenn sie dies im vorhinein gewußt hätte. Aber nun war sie einmal da, und ein armes Mädchen muß sich hüten, sich einen guten Posten zu verscherzen. Darum knixte sie vor der Baronin, dankte für die Warnung und versicherte, sie würde sich schon nicht ins Bockshorn jagen lassen.

»Ja, wir begreifen gar nicht, warum er hier umgeht«, fuhr die Baronin fort. »Meine Töchter meinen, daß er dem Großvater meines Mannes ähnlich sieht, dem General Löwensköld, den die Jungfer dort drüben auf dem Bilde sieht, und sie pflegen ihn den *General* zu nennen. Aber die Jungfer versteht doch, niemand will damit sagen, daß es der General selbst ist – er soll ein ganz ausgezeichneter Mensch gewesen sein – der da umgeht. Tatsache ist, daß wir die ganze Geschichte durchaus nicht verstehen, und wenn die Dienstleute mit irgendwelchen Erklärungen kommen, hoffe ich, daß die Jungfer Verstand genug hat, sie gar nicht erst anzuhören.«

Jungfer Spaak knixte noch einmal und versicherte, daß sie den Dienstleuten nie den geringsten Klatsch über die Herrschaft angehen ließ, und damit war die Audienz zu Ende.

Die Jungfer war freilich nur eine arme Haushälterin, aber da sie besserer Leute Kind war, durfte sie am Herrschaftstisch essen wie der Inspektor und die Gouvernante. Sie war übrigens zierlich und anmutig, ein kleines, zartes Figürchen, blondes Haar und blumenrote Wangen, durchaus keine Unzier für den Herrschaftstisch. Alle fanden in ihr ein herzensgutes Geschöpf, das sich in jeder Weise nützlich zu machen verstand, und sie war bald allgemein beliebt.

Gar bald merkte sie, daß der von der Baronin erwähnte Spuk ein ständiges Gesprächsthema bei den Mahlzeiten war. Bald erklärte eines der jungen Fräuleins, bald die Gouvernante: Heute habe *ich* den General gesehen, ganz, als wäre dies etwas, worauf man Wert legte und dessen man sich rühmte.

Es verging kaum ein Tag, ohne daß jemand sie fragte, ob sie dem Geist noch nicht begegnet sei, und als sie immer wieder verneinen mußte, merkte sie, daß dies eine gewisse Geringschätzung hervorrief. Es war, als sei sie weniger als die Gouvernante und der Inspektor, die beide den General schon unzählige Male gesehen hatten.

Jungfer Spaak war es noch nie untergekommen, daß man einem Gespenst in so ungezwungener Weise begegnete, und sie ahnte vom ersten Augenblick an, daß dies ein Ende mit Schrecken nehmen würde. Sie sagte zu sich selbst, daß, wenn es wirklich ein Wesen aus der anderen Welt war, welches sich da zeigte, es sicherlich ein Unglücklicher sein mußte, der die Hilfe der Lebenden brauchte, um Ruhe im Grabe zu finden. Sie gehörte zu den tatkräftigen Naturen, und wenn es nach ihr gegangen wäre, hätte man ernste Nachforschungen angestellt, um der Sache auf den Grund zu kommen, anstatt sie als Gesprächsthema an der Mittagstafel zu verwenden.

Aber die Jungfer wußte, was ihrer Stellung zukam, und ein Wort des Tadels über das Betragen der Herrschaften wäre ihr nie über die Lippen gekommen. Sie hütete sich für ihre eigene Person, an den Scherzen über das Gespenst teilzunehmen und behielt ihre trüben Ahnungen für sich selbst.

Jungfer Spaak war einen ganzen Monat in Schloß Hedeby gewesen, bevor sie den Geist zu Gesicht bekam. Aber eines Vormittags, als sie auf dem Boden gewesen war, um die Wäsche einzuzählen, begegnete sie unversehens auf der Treppe einem Mann, der rasch beiseite trat, um sie vorbeizulassen. Es war mitten am helllichten Tage, und sie dachte an gar keinen Geisterspuk. Sie fragte sich nur, was ein fremder Mann oben auf dem Boden zu suchen haben konnte, und sie drehte sich um, damit sie ihn nach seinem Begehr frage. Aber auf der ganzen Treppe war kein Mensch zu sehen. Die Jungfer lief hastig wieder hinauf, guckte auf den Boden, untersuchte dunkle Winkel und Dachkammern, ganz bereit, einen Dieb beim Kragen zu packen. Aber als kein menschliches Wesen zu sehen war, ging ihr plötzlich ein Licht auf, wie die Sache zusammenhing.

»Was bin ich doch für ein dummes Ding«, rief sie aus. Das war natürlich kein anderer als der General.

Ja gewiß, ja gewiß! Der Mensch hatte doch einen blauen Rock getragen, ganz wie der alte General auf dem Bilde, und hatte ebensolche ungeheure Stulpenstiefel angehabt. Das Gesicht hatte sie nicht recht erkennen können, es war etwas Graues, etwas Nebelhaftes über den Zügen gelegen.

Jungfer Spaak blieb eine gute Weile auf dem Boden, um sich zu fassen. Die Zähne schlugen aufeinander, und die Beine wollten unter ihr einknicken. Wenn sie nicht an das Mittagessen zu denken gehabt hätte, sie wäre nie die Bodentreppe hinuntergekommen. Sie beschloß sofort, das, was sie gesehen hatte, für sich zu behalten und sich nicht von den anderen damit necken zu lassen.

Aber sie konnte den General nicht aus ihren Gedanken bringen, und etwas Sonderbares mußte man ihr angesehen haben, denn kaum hatte man sich zum Mittagstisch gesetzt, als der Sohn des Hauses, ein neunzehnjähriger Jüngling, der eben von Upsala zu den Weihnachtsferien nach Hause gekommen war, sich ihr zuwandte.

»Heute hat die Jungfer Spaak den General gesehen«, sagte er, und bei dieser plötzlichen Anrede hatte sie nicht die Geistesgegenwart, zu leugnen.

Mit einem Male sah sich Jungfer Spaak als die Hauptperson bei Tische. Alle bestürmten sie mit Fragen, die sie doch so einsilbig als möglich beantwortete. Unglücklicherweise konnte sie nicht in Abrede stellen, daß sie ein bißchen erschrocken war, und darüber amüsierte man sich königlich: erschrocken vor dem General! Nein, das konnte doch niemandem einfallen.

Jungfer Spaak hatte schon öfter beobachtet, daß der Baron und die Baronin sich niemals an den Scherzen über den General beteiligten. Sie ließen die anderen nur gewähren, ohne sie zu stören. Nun bemerkte sie, daß der junge Student die Sache viel ernster nahm als die übrige Jugend.

»Ich für mein Teil«, sagte er, »ich beneide alle, die den General zu sehen bekommen. Ich möchte ihm helfen, aber mir ist er nie erschienen.«

Er sagte dies mit wirklicher Betrübnis und mit einem so schönen Ausdruck, daß Jungfer Spaak innerlich zu Gott betete, daß sein Wunsch doch bald in Erfüllung gehen möge. Der junge Baron würde sich sicherlich des armen Gespenstes erbarmen und ihm die Ruhe des Grabes wiederschenken.

In der nächsten Zeit schien Jungfer Spaak mehr als irgendein anderer der Gegenstand der Aufmerksamkeit des Geistes zu sein. Sie sah ihn so oft, daß sie sich beinahe an ihn gewöhnte. Es war ein plötzliches, augenblickliches Auftauchen, bald auf der Stiege, bald im Flur, bald in einer dunklen Ecke der Küche.

Nie konnte man den leisesten Anlaß des Spuks ausfindig machen. Jungfer Spaak fragte sich manchmal, ob es vielleicht etwas im Hause geben könnte, dem der Geist nachspürte. Aber da er in derselben Sekunde verschwand, in der der Blick eines Menschenauges ihn traf, konnte sie über seine Absichten nicht ins klare kommen.

Den Aussagen der Baronin zum Trotz, merkte Jungfer Spaak, daß die ganze Jugend von Hedeby steif und fest davon überzeugt war, daß es der alte General Löwensköld war, der umging. »Er fühlt sich nicht wohl in seinem Grabe«, sagten die jungen Fräuleins, »und es interessiert ihn, zu verfolgen, was wir hier in Hedeby treiben. Man kann ihm dieses kleine Vergnügen nicht verargen.«

Die Jungfer, die jedesmal, wenn sie den General gesehen hatte, in die Speisekammer gehen mußte, um unbehelligt von den Scherzen der Mägde zu zittern und mit den Zähnen zu klappern, hätte wohl gewünscht, daß er sich nicht so sehr für Hedeby interessierte. Aber sie merkte, daß die übrige Familie ihn geradezu vermißt haben würde.

Man saß zum Beispiel einen langen Abend bei seiner Handarbeit. Man spann oder man nähte, die Lektüre konnte manchmal ausgehen und die Gesprächsthemen ebenfalls. Da stieß plötzlich eines der Fräuleins einen Schrei aus: sie hatte dicht an der Scheibe ein Gesicht gesehen, nein, eigentlich kein Gesicht, nur zwei Reihen blinkender Zähne. Man zündete in aller Eile eine Laterne an, man öffnete die Flurtür, alle Damen mit der Baronin an der Spitze, stürzten hinaus, um den Friedensstörer zu finden. Aber natürlich konnte man nichts entdecken. Man ging wieder hinein, verschloß die Fensterläden, zuckte die Achseln und sagte, es sei wohl kein anderer gewesen als der General. Aber unterdessen war man wach geworden. Man hatte nun etwas, worüber man hin und her grübeln konnte, die Spinnrocken drehten sich mit neuem Schwung, das Plaudern kam in Gang.

Die ganze Familie war überzeugt, daß, sobald man am Abend den Speisesaal verlassen hatte, der General den Raum in Besitz nahm, und daß man ihn dort gefunden haben würde, wenn man sich in das Zimmer gewagt hätte. Und sie hatten nichts dagegen, daß er sich dort drinnen aufhielt. Jungfer Spaak glaubte, daß sie Gefallen an dem Gedanken fanden, daß der friedlose Stammvater in eine warme, behagliche Stube einkehren konnte.

Es gehörte zu den Eigenheiten des Generals, daß er den Speisesaal aufgeräumt und in Ordnung finden wollte, wenn er dort einzog. Jeden Abend sah die Jungfer, wie die Baronin und die Fräuleins ihre Arbeiten zusammenlegten und sie mitnahmen; Spinnrocken und Stickrahmen wurden auch in ein anderes Zimmer getragen. Nicht soviel wie ein Fadenendchen ließ man auf dem Boden liegen.

Jungfer Spaak, die in der Kammer hinter dem Speisesaal schlief, erwachte eines Nachts dadurch, daß irgendein Gegenstand mit hartem Aufplumpsen an die Wand, an der das Bett stand, schlug, und dann über den Boden rollte. Kaum konnte sie sich fassen, als ein neuer Krach und ein neues Rollen erfolgte, und dies wiederholte sich noch zweimal.

Herr, du mein Gott, was treibt der drinnen jetzt? seufzte sie, denn sie begriff ja, von wem der Lärm herrührte. Das war wirklich keine behagliche Nachbarschaft. Die ganze Nacht lag sie da, und der kalte Schweiß brach ihr aus allen Poren, vor Angst, daß der General hereinkommen und sie in einer Gespensterumarmung ersticken könnte.

Als sie am Morgen in den Speisesaal ging, um zu sehen, was geschehen war, nahm sie sowohl die Köchin wie das Stubenmädchen mit. Aber nichts war zerstört, keine Unordnung war zu merken, nur daß mitten im Zimmer vier Äpfel lagen. Ach, ach, man hatte ja am vorigen Abend am Kamin gesessen und hatte Äpfel gegessen, und vier Äpfel waren auf dem Kaminsims vergessen worden. Aber dies hatte dem General nicht behagt. Jungfer Spaak hatte ihre Nachlässigkeit mit einer schlaflosen Nacht büßen müssen.

Andererseits konnte Jungfer Spaak nie vergessen, daß sie einmal einen wirklichen Freundschaftsbeweis vom General empfangen hatte.

Es war Gesellschaft auf Schloß Hedeby gewesen, ein großes Mittagsessen mit vielen Gästen. Jungfer Spaak hatte alle Hände voll zu tun gehabt, Braten an allen Spießen, Windbeutel und Pasteten im Backrohr, und Bouillonkessel und Saucepfannen auf dem Herdfeuer. Und nicht genug damit, die Jungfer sollte auch drinnen im Speisesaal sein, das Tischdecken überwachen, das Silber übernehmen, das die Baronin selbst ihr vorzählte, daran denken, daß Wein und Bier aus dem Keller heraufkam und daß die Kerzen richtig in den Kronleuchtern steckten. Wenn man dazu bedenkt, daß die Küche von Hedeby in ein Flügelgebäude verlegt war, so daß man über den Hof laufen mußte, um hinzukommen, und daß sie bei diesem festlichen Anlaß von fremden und dazu ungeschulten Dienstleuten wimmelte, so kann man sich schon denken, daß es eine tüchtige Person sein mußte, die an der Spitze des Ganzen stand.

Aber alles ging wie am Schnürchen. Es gab keine Daumenabdrücke auf den Gläsern, keinen zweifelhaften Inhalt in den Pasteten, das Bier hatte geschäumt, die Bouillon war gerade richtig gewürzt gewesen, und der Kaffee hatte die erwünschte Stärke. Jungfer Spaak hatte gezeigt, was sie konnte, und die Baronin selbst hatte ihr Komplimente gemacht und gesagt, es hätte nicht besser sein können.

Aber dann kam der furchtbare Rückschlag. Als die Jungfer der Baronin das Silber wieder übergeben sollte, fehlten zwei Löffel, ein Eßlöffel und ein Kaffeelöffel.

Das gab einen Aufruhr. Dazumal konnte nichts Ärgeres in einem Hause passieren, als daß etwas vom Silber fehlte. Das war ein Fieber, eine Unruhe in Schloß Hedeby. Man tat nichts anderes als suchen. Man erinnerte sich, daß eine alte Landstreicherin am Festtage in der Küche gewesen war und man war schon drauf und dran, weit hinauf nach Finnmarken zu fahren, um sie zu erwischen. Man wurde mißtrauisch und unvernünftig. Die Herrin verdächtigte die Haushälterin, die Haushälterin die Mägde, die Mägde einander und die ganze Welt. Bald zeigte sich die eine, bald die andere mit rotverweinten Augen, weil sie glaubte, daß die anderen glaubten, sie hätte sich die zwei Löffel angeeignet.

Dies ging nun schon ein paar Tage so, nichts hatte man gefunden, und Jungfer Spaak war der Verzweiflung nahe. Sie war im Schweinekoben gewesen und hatte den Schweinetrank untersucht, um zu sehen, ob die Löffel vielleicht dort gelandet waren. Sie hatte sich auf die Bodenkammer der Mägde geschlichen und in aller Heimlichkeit ihre kleinen Truhen untersucht. Alles war vergebens gewesen, und jetzt wußte sie nicht mehr, wo sie noch suchen sollte. Sie merkte, daß die Baronin und der ganze Hausstand sie, die Fremde, im Verdacht hatte. Sie hatte das Gefühl, daß man ihr kündigen würde, wenn sie nicht selbst kündigte.

Jungfer Spaak stand über den Küchenherd gebeugt und weinte, so daß die Tränen zischend auf die heiße Platte fielen, als sie plötzlich das Gefühl hatte, daß sie sich umwenden sollte. Sie tat es, und siehe da! Da stand der General drüben an der Küchenmauer und deutete auf ein Wandbrett, das hoch oben in so unbequemer Lage angebracht war, daß es einem eigentlich nie einfiel, etwas hinaufzulegen.

Der General verschwand wie gewöhnlich im selben Augenblick, in dem er sichtbar geworden war, aber Jungfer Spaak gehorchte seinem Wink. Sie holte die Leiter aus der Speisekammer, stellte sie zu dem Wandbrett, reckte sich hinauf und bekam einen alten, schmutzigen Ausreibfetzen in die Hand. Aber in dem Fetzen lagen die beiden Silberlöffel eingerollt.

Wie waren sie dahingekommen? Sicherlich war es ohne irgend jemandes Wissen oder Wollen geschehen. In dem grenzenlosen Durcheinander bei solch einem großen Festschmaus konnte alles passieren. Der Fetzen war fortgeschleudert worden, weil er im Wege lag, und die Silberlöffel waren irgendwie mitgekommen, ohne daß man es bemerkt hatte.

Aber nun waren sie wiedergefunden, und Jungfer Spaak trug sie glückstrahlend zu der Baronin hinein und war wieder die Helferin und rechte Hand aller Menschen.

Nichts Böses, das nicht auch etwas Gutes im Gefolge hätte. Als der junge Baron Adrian im Frühling heimkam, hörte er davon, daß der General der Jungfer Spaak eine ungewöhnliche Gunst erwiesen hatte, und sofort begann er ihr in ganz besonderer Weise seine Aufmerksamkeit zuzuwenden. So oft er nur konnte, suchte er sie in der Büfettkammer oder draußen in der Küche auf. Bald kam er unter dem Vorwand, daß er eine neue Schnur für seine Angel brauchte, bald sagte er, es sei der gute Geruch der frischgebackenen Semmeln, der ihn hereingelockt hätte. Bei diesen Anlässen brachte er immer das Gespräch auf das Gebiet des

Übersinnlichen. Er ließ sich von der Jungfer Gespenstergeschichten aus den großen Sörmländer Höfen wie Julita und Eriksberg erzählen, und wollte wissen, was sie davon hielt.

Aber am häufigsten wollte er von dem General sprechen. Er sagte, er könne mit den anderen nicht über diese Sache reden, weil sie sie von der scherzhaften Seite nahmen. Er für sein Teil hatte Mitleid mit dem armen Gespenst und wollte ihm zur Ruhe verhelfen. Wenn er nur wüßte, wie er das anstellen sollte!

Da sagte Jungfer Spaak, ihre bescheidene Meinung sei die, daß es etwas im Hause gäbe, dem er nachspähte.

Der junge Baron erblaßte ein wenig. Er sah die Jungfer forschend an.

»*Ma foi,* Jungfer Spaak«, sagte er, »das ist auch eine Idee! Aber ich versichere der Jungfer, wenn wir hier auf Hedeby etwas hätten, was der General sich wünscht, wir würden keinen Augenblick zögern, es ihm zu überlassen.

Jungfer Spaak begriff ja sehr gut, daß der junge Baron sie einzig und allein des Spukes wegen aufsuchte, aber er war ein so liebenswürdiger junger Mann und so schön. Ja, wenn die Jungfer ihre Meinung sagen sollte, mehr als schön. Er trug den Kopf etwas vorgeneigt, er hatte etwas Nachdenkliches an sich, ja viele meinten, er sei gar zu ernst. Aber das war nur, weil sie ihn nicht kannten. Manchmal warf er den Kopf zurück und scherzte und kam auf tolle Schelmenstücke als irgendein anderer. Aber was er auch tat, es war ein unbeschreiblicher Reiz in seinen Gebärden, seiner Stimme, seinem Lächeln.

Jungfer Spaak war an einem Sommersonntag in der Kirche gewesen und wanderte auf einem kleinen Abkürzungsweg, der schräg über die Pfarrhoffelder ging, heimwärts. Einer oder der andere Andächtige hatte denselben Weg eingeschlagen, und die Jungfer, die es eilig hatte, mußte eine Frau überholen, die zu langsam für sie ging. Gleich darauf kam die Jungfer zu einem Zauntritt, der recht beschwerlich war, und dienstfertig, wie sie immer war, dachte sie an die langsame Wanderin und blieb stehen, um ihr über den Zaun hinüber zu helfen. Sie reichte ihr die Hand, und da merkte sie, daß die Frau gar nicht so alt war, als sie zuerst geglaubt hatte. Sie hatte ein ungewöhnlich weißes und glattes Gesicht, so daß die Jungfer sich dachte, es könne ganz gut möglich sein, daß sie nicht mehr als fünfzig Jahre zählte. Obgleich sie offenbar nichts anderes war als eine gewöhnliche Bäuerin, hatte sie doch eine eigene Würde an sich, so als ob sie etwas erlebt hätte, was sie über ihren Stand hinausgehoben hätte.

Als sie der Frau über den Zaun geholfen hatte, gingen die Jungfer und sie nebeneinander auf dem schmalen Pfade weiter.

»Das ist gewiß die Jungfer, die dem Haushalt in Hedeby vorsteht«, sagte die Bäuerin.

»Ja, das bin ich«, antwortete Jungfer Spaak.

»Ich möchte wirklich wissen, ob die Jungfer gern da ist.«

»Warum sollte man in einem so guten Hause nicht gern sein?« erwiderte die Jungfer zurückhaltend.

»Die Leute sagen ja, daß es da spuken soll?«

»Man soll nicht glauben, was die Leute schwätzen«, sagte die Jungfer in zurechtweisendem Ton.

»Das soll man wohl nicht, nein, das weiß ich ja«, sagte die andere.

Eine Weile blieb es still. Man merkte ja, daß diese Frau etwas wußte, und tatsächlich brannte die Jungfer Spaak vor Begier, sie auszufragen. Aber es war ja nicht richtig, nicht schicklich.

Die Frau war es, die das Gespräch wieder aufnahm.

»Ich finde, die Jungfer schaut so lieb drein«, sagte sie, »und ich will darum der Jungfer einen guten Rat geben. Bleibe Sie nicht zu lange in Hedeby, denn er, der dort umgeht, mit ihm ist nicht zu spaßen. Der läßt nicht früher nach, bis er das hat, was er haben will.«

Jungfer Spaak wollte zuerst ein wenig von oben herab für die Warnung danken, aber die letzten Worte erregten ihre Neugierde.

»Was ist denn das, was er haben will? Weiß Sie, was das ist?«

»Weiß die Jungfer das nicht?« sagte die Bäuerin. »Ja, dann will ich nichts mehr sagen. Es ist vielleicht am besten für die Jungfer, wenn Sie nichts weiß.«

Damit reichte sie Jungfer Spaak die Hand, bog in einen anderen Pfad ein und war bald außer Sehweite.

Jungfer Spaak hütete sich wohl, dieses Gespräch der ganzen Familie beim Mittagstisch zu erzählen, aber am Nachmittag, als Baron Adrian sie in der Milchkammer aufsuchte, ließ sie ihn wissen, was die fremde Frau ihr gesagt hatte. Er war wirklich sehr überrascht.

»Das muß Marit Erikstochter aus Olsby gewesen sein«, sagte er. »Weiß die Jungfer, daß dies das erstemal seit dreißig Jahren ist, daß sie einem aus Hedeby ein freundliches Wort gegeben hat? Mir hat sie einmal eine

Mütze geflickt, die ein Olsbyer Junge mir zerrissen hatte, aber sie sah dabei aus, als wollte sie mir die Augen auskratzen.«

»Aber weiß sie, was es ist, was der General sucht?«

»Sie weiß es besser als irgend jemand, Jungfer Spaak. Und ich weiß es auch. Mein Vater hat mir die Geschichte erzählt. Aber die Eltern wollen nicht, daß man es den Schwestern sagt. Sie würden Gespensterfurcht bekommen und vielleicht nicht mehr hier wohnen wollen. Ich darf es auch der Jungfer nicht erzählen.«

»Gott bewahre uns!« sagte die Jungfer. »Wenn der Herr Baron es verboten hat ...«

»Es tut mir leid«, sagte Baron Adrian. »Ich glaube, die Jungfer würde mir helfen können.«

»Ach, wenn ich das dürfte!«

»Denn, ich wiederhole es«, sagte Baron Adrian, »ich will dem armen Geist zur Ruhe verhelfen. Ich habe keine Angst vor ihm. Ich werde ihm folgen, sobald er mich ruft. Warum erscheint er allen anderen, nur mir nie?«

11.

Adrian Löwensköld lag in seinem Giebelzimmerchen in der Mansarde und schlief, als er durch ein leichtes Geräusch geweckt wurde. Er schlug die Augen auf, und da die Fensterläden nicht verschlossen waren und draußen eine helle Sommernacht war, sah er deutlich, wie die Türe aufglitt. Er glaubte, es sei ein Windzug, der sie geöffnet hatte, aber sah nun in die Türöffnung eine dunkle Gestalt treten, die sich spähend in das Zimmer vorbeugte.

Adrian unterschied ganz deutlich einen alten Mann in einer aus der Mode gekommenen Reiteruniform. Ein Elchlederkoller schimmerte unter dem etwas aufgeknöpften Rock hervor, die Stiefel reichten bis über die Knie, und den langen Haudegen hielt er erhoben, wie um nicht damit zu rasseln.

»Wahrhaftig, das ist der General«, dachte der junge Baron. »Das ist recht. Hier soll er einen sehen, der keine Furcht vor ihm hat.«

Alle anderen, die den General gesehen hatten, pflegten zu sagen, daß er verschwand, sobald man den Blick auf ihn heftete. Aber so kam es diesmal nicht. Noch lange nachdem Adrian ihn entdeckt hatte, blieb der

General in der Türe stehen. Nach ein paar Minuten, als er sich vergewissert zu haben schien, daß Adrian seinen Anblick ertragen konnte, hob er die eine Hand und winkte ihn zu sich.

Adrian setzte sich sofort im Bett auf. »Jetzt oder nie«, dachte er. »Endlich verlangt er meine Hilfe, und ich werde ihm auch folgen.«

Eigentlich hatte er durch viele Jahre auf diesen Moment gewartet. Er hatte sich darauf vorbereitet, seinen Mut im Hinblick darauf gestählt. Er hatte immer gewußt, daß dies etwas war, was er durchmachen mußte.

Er wollte den General nicht warten lassen, sondern ganz so, wie er aus dem Bette kam, folgte er ihm. Er riß nur eine Decke an sich und hüllte sich hinein.

Erst als er mitten im Zimmer stand, kam es ihm in den Sinn, daß es doch eine gefährliche Sache sein konnte, sich einem Wesen aus der anderen Welt zu überantworten, und er wich zurück. Aber da sah er, wie der General beide Hände nach ihm ausstreckte wie in verzweifeltem Flehen.

»Was sind das für Torheiten?« dachte er. »Soll ich Angst bekommen, bevor ich auch nur das Zimmer verlassen habe?«

Er näherte sich der Türe. Der General schritt vor ihm auf den Dachboden hinaus, aber ging die ganze Zeit rücklings, wie um sich zu vergewissern, daß der junge Mann ihm folgte.

Als Adrian die Schwelle überschreiten und das Zimmer verlassen sollte, um sich auf den Dachboden hinauszubegeben, fühlte er wieder einen Schauer des Entsetzens. Etwas sagte ihm, daß er die Türe zuschlagen und in sein Bett zurückeilen sollte. Er begann zu ahnen, daß er sich über seine Kräfte getäuscht hatte. Er war nicht einer von jenen, die, ohne Schaden zu nehmen, in die Geheimnisse der anderen Welt hineinzublicken vermögen.

Doch hatte er noch ein kleines bißchen Mut übrig. Er sprach sich selbst Vernunft zu und sagte sich, daß der General ihn doch sicherlich nicht in irgendwelche Gefahren locken wollte. Er wollte ihm nur zeigen, wo der Ring sich befand. Wenn er nur noch ein paar Minuten aushielt, würde er erreichen, was er durch so viele Jahre erstrebt hatte, und konnte den müden Wanderer der ewigen Ruhe zurückgeben.

Der General war mitten auf dem Dachboden stehen geblieben, um auf ihn zu warten. Es war hier dunkler, aber Adrian sah doch deutlich die düstere Gestalt mit den flehend ausgestreckten Händen. Er ermannte sich, trat über die Schwelle, und die Wanderung begann von neuem.

Der Geist strebte der Treppe zu, und als er sah, daß Adrian nachkam, begann er den Abstieg. Noch immer ging er rücklings, blieb auf jeder Stufe stehen und schleppte den zaudernden Jüngling durch die Macht seines Willens mit sich fort.

Es war eine langsame Wanderung mit vielen Unterbrechungen, aber sie wurde doch fortgesetzt. Adrian versuchte sich Mut zu machen, indem er sich zurückrief, wie oftmals er vor den Schwestern geprahlt und gesagt hatte, daß er dem General folgen würde, wann immer er ihn rief. Er erinnerte sich auch, wie er von Kindheit auf vor Verlangen gebrannt hatte, das Unbekannte zu erforschen und in das Verschlossene einzudringen. Und jetzt war der große Augenblick gekommen, jetzt folgte er einem Gespenst in das Ungewisse hinaus. Sollte ihn seine elende Feigheit hindern, jetzt endlich etwas zu erfahren?

Auf diese Weise zwang er sich auszuharren, aber er hütete sich, dem Gespenst ganz nahe zu kommen. Sie waren immer durch ein paar Ellen Zwischenraum getrennt. Als Adrian mitten auf der Treppe stand, befand sich der General am Fuß derselben. Als Adrian auf der untersten Treppenstufe stand, war der General unten im Flur.

Hier aber blieb Adrian wieder stehen. Zur rechten Hand, dicht neben der Treppe, hatte er die Türe zu dem Schlafzimmer der Eltern. Er legte die Hand auf die Klinke, aber nicht um zu öffnen, nur um sie liebevoll zu streicheln. Man denke, wenn die Eltern wüßten, daß er hier draußen in dieser Gesellschaft stand! Er sehnte sich danach, sich in die Arme seiner Mutter zu stürzen. Es dünkte ihm, daß er sich ganz in die Gewalt des Generals gebe, wenn er diese Türklinke losließ.

Während er noch so mit der Hand auf der Klinke dastand, sah er, wie die eine Flurtüre aufgeschoben wurde und der General über die Schwelle trat, um ins Freie hinauszugehen.

Sowohl auf dem Dachboden wie auf der Treppe war es recht dämmrig gewesen, aber durch die Türöffnung kam ein stärkeres Licht hereingeströmt, und in diesem Licht sah Adrian zum ersten Male die Gesichtszüge des Generals.

Es war das Antlitz eines alten Mannes, wie er es erwartet hatte. Er kannte es sehr wohl von dem Gemälde im Salon. Aber über diesen Zügen ruhte nicht der Frieden des Todes, aus diesen Zügen sprach ein wildes Gelüste, um den Mund schwebte ein grausiges Lächeln des Triumphes und der Siegesgewißheit.

Aber dies, zu sehen, wie irdische Leidenschaften sich in einem Toten abspiegelten, war etwas Erschreckendes. Weit, weit entfernt von menschlichen Gelüsten und Leidenschaften wollen wir uns unsere Toten denken. Weit entfernt von allem Irdischen wollen wir sie sehen, nur von himmlischen Dingen erfüllt. In diesem Wesen, das sich an das Irdische anklammerte, glaubte Adrian einen Verführer zu sehen, einen bösen Geist, der ihn ins Verderben ziehen wollte.

Er wurde von Grauen überwältigt. In besinnungsloser Angst riß er die Türe zum Schlafzimmer der Eltern auf, stürzte hinein und rief: l »Vater! Mutter! Der General!«

Und im selben Augenblick fiel er ohnmächtig zu Boden.

* *
*

Die Feder entfällt meiner Hand. Ist es nicht vergeblich, dies niederschreiben zu wollen? Mir ist die Geschichte im Dämmerschein am Kaminfeuer erzählt worden. Ich höre noch die überzeugende Stimme. Ich fühle den richtigen Gespensterschauer über den Rücken laufen, jenen Schauer, der nicht nur vom Grauen, sondern auch von der Erwartung herkommt.

Wie gespannt lauschten wir nicht gerade dieser Geschichte, weil sie ein Ende des Schleiers vor dem Unwißbaren zu lüften schien! Welch sonderbare Stimmung hinterließ sie doch, so als hätte sich eine Türe aufgetan, so als sollte nun endlich etwas aus dem großen Dunkel hervortreten!

Wieviel ist daran wahr? Die eine Erzählerin hat sie von der anderen geerbt, die eine hat hinzugefügt, die andere hat weggelassen. Aber birgt sie nicht wenigstens einen kleinen Kern von Wahrheit? Macht sie nicht den Eindruck, die Schilderung von etwas zu sein, das sich wirklich begeben hat? Der Geist, der im Schloß Hedeby umging, der sich am hellichten Tage zeigte, der in den Gang des Haushalts eingriff, der verlorene Sachen wieder herbeischaffte, wer war er, was war er?

Ist nicht etwas ungewöhnlich Deutliches und Festes in seinem Auftreten? Unterscheidet er sich nicht durch eine gewisse Eigenart von den vielfältigen Schloßgespenstern? Sieht es nicht aus, als hätte Jungfer Spaak ihn wirklich die Apfel an die Wand des Speisesaales werfen hören, und als sei ihm der junge Baron Adrian tatsächlich über den Boden und die Treppe hinunter gefolgt?

Wer in diesem Fall, in diesem Fall … vielleicht, daß einer von jenen, die schon jetzt die Wirklichkeit sehen, die hinter der Wirklichkeit liegt, in der wir jetzt leben, das Rätsel deuten kann.

12.

Der junge Baron Adrian lag in dem großen Bett der Eltern, bleich und regungslos. Wenn man den Finger auf sein Handgelenk legte, konnte man spüren, daß das Blut noch durchströmte, aber fast unmerklich. Er hatte nach der tiefen Ohnmacht die Besinnung noch nicht wiedererlangt, aber das Leben war nicht erloschen.

Einen Arzt gab es nicht im Kirchspiel Bro, aber ein Knecht war um vier Uhr früh nach Karlstad geritten, um zu versuchen, einen herbeizuschaffen. Es war eine Reise von sechs Meilen, und wenn der Doktor daheim war und aus der Stadt fortfahren wollte, konnte man ihn frühestens in zwölf Stunden erwarten. Aber man mußte sich auch darauf gefaßt machen, daß es einen oder gar zwei Tage dauern konnte, bis er sich einfand.

Die Baronin Löwensköld saß an der einen Seite des Bettes und verwandte kein Auge von dem Gesicht des Sohnes. Sie schien zu glauben, daß der schwache Lebensfunke nicht erlöschen würde, wenn sie dasaß, unablässig wachend und behütend.

Der Baron saß zeitweilig an der anderen Seite des Bettes, aber er vermochte sich nicht still zu halten. Er nahm die eine schlaffe Hand des Sohnes zwischen die seinen und fühlte den Puls, er trat ans Fenster und blickte die Landstraße hinunter, er machte eine Runde durch die Zimmer, um auf die Uhr im Speisesaal zu sehen. Dabei beantwortete er die eifrigen Fragen, die in den Augen der Töchter und der Gouvernante zu lesen waren, mit einem Kopfschütteln und ging in das Krankenzimmer zurück.

Dort hinein durfte sonst kein anderer als Jungfer Spaak. Nicht die Töchter, auch keine der Mägde, nur die Jungfer. Sie hatte den rechten Gang, die rechte Stimme, sie paßte in ein Krankenzimmer.

Jungfer Spaak war bei Adrians Aufschrei mitten in der Nacht erwacht. Als sie gleich darauf den schweren Fall gehört hatte, war sie aufgesprungen. Sie hatte die Kleider um sich geworfen, sie wußte selbst nicht wie. Aber es gehörte zu ihren Weisheitsregeln, daß man nie unbekleidet hinauslaufen soll, denn dann kann man sich nicht nützlich machen. Im

Speisesaal war sie der Baronin begegnet, die herausgelaufen war, um Hilfe zu rufen, und dann hatte sie und die Eltern Adrian in das große Doppelbett gehoben. Zuerst hatten sie alle drei geglaubt, daß er schon tot sei, aber dann hatte Jungfer Spaak eine kleine Bewegung am Puls des Handgelenkes bemerkt.

Sie hatten einige der üblichen Wiederbelebungsversuche vorgenommen, aber das kleine Lebensfünkchen war überaus schwach, und bei allem, was sie taten, schien es nur noch an Kraft abzunehmen. Bald verloren sie den Mut und wagten nichts mehr zu versuchen. Man konnte nichts andres tun als da sitzen und warten.

Der Baronin tat es wohl, Jungfer Spaak drinnen zu haben, weil sie ganz ruhig und felsenfest überzeugt war, daß Adrian bald wieder aufwachen würde. Sie ließ sich von der Jungfer alles machen, das Haar kämmen und die Schuhe anziehen; als das Kleid angelegt werden sollte, mußte sie aufstehen, aber sie überließ es der Jungfer, zu knöpfen und glattzuziehen und verwandte kein Auge vom Gesicht des Sohnes.

Die Jungfer brachte ihr eine Tasse Kaffee und bewog sie mit freundlicher Hartnäckigkeit, sie auszutrinken.

Die Baronin hatte das Gefühl, daß die Jungfer die ganze Zeit bei ihr drinnen war, aber die Jungfer war auch draußen in der Küche und sorgte dafür, daß die Leute ihr Essen wie gewöhnlich bekamen. Sie vergaß nichts. Sie war bleich wie der Tod, aber sie versah ihre Obliegenheiten. Das Frühstück der Herrschaften kam zur rechten Zeit auf den Tisch, und der Hirtenbub bekam einen Rucksack mit, als er mit den Kühen auszog.

In der Küche fragten die Dienstleute sie, was denn dem jungen Herrn Baron zugestoßen sei, und die Jungfer erwiderte, das einzige, was man wüßte, sei, daß er zu den Eltern hineingestürzt war und etwas vom General gerufen hatte. Dann war er ohnmächtig geworden, und jetzt war es unmöglich, ihn wieder ins Leben zurückzurufen.

»Das ist ja sicher, daß der General ihm erschienen ist«, sagte die Köchin.

»Ist es nicht merkwürdig, daß er mit einem seiner eigenen Leute so unsanft umspringt?« wunderte sich das Stubenmädchen.

»Ach, es ist ihm wohl die Geduld mit ihnen ausgegangen. Sie haben ja nichts anderes getan, als ihn ausgelacht. Er wollte doch seinen Ring haben.«

»Du wirst doch nicht glauben, daß der Ring sich hier in Hedeby befindet?« sagte das Hausmädchen. »Er wäre imstande, uns das Haus über dem Kopf anzuzünden, um ihn wiederzukriegen.«

»Gewiß steckt er hier in irgendeinem Winkel«, sagte die Köchin, »sonst würde er doch nicht beständig hier im Hause herumstreichen.«

Jungfer Spaak wich an diesem Tag von ihrer schönen Regel ab, nie auf das zu hören, was die Dienstleute über die Herrschaft zu sagen hatten.

»Was ist denn das für ein Ring, von dem ihr da sprecht?« fragte sie.

»Weiß die Jungfer nicht, daß der General hier umgeht und nach seinem Siegelring sucht?« sagte die Köchin, die sich über die Frage freute.

Sie und das Stubenmädchen beeilten sich, Jungfer Spaak mit der Geschichte von der Grabplünderung und dem Gottesurteil bekannt zu machen, und als die Jungfer all dies gehört hatte, zweifelte sie keinen Augenblick, daß der Ring auf irgendeine Weise nach Hedeby gekommen war und da verborgen lag.

Ein Zittern durcheilte Jungfer Spaak, ungefähr so wie damals, als sie dem General zum erstenmal auf der Bodentreppe begegnet war. Das hatte sie ja schon die ganze Zeit befürchtet. Sie wußte jetzt, wie grausam und unbarmherzig dieser Geist sein konnte. Es stand ihr klar und deutlich vor Augen: wenn er seinen Ring nicht zurückbekam, mußte Baron Adrian sterben.

Aber kaum war die Jungfer zu dieser Schlußfolgerung gelangt, als sie, die ja eine resolute Person war, auch erkannte, was nun zu tun war. Wenn der entsetzliche Ring sich noch in Hedeby befand, so mußte man ihn ja ausfindig machen können.

Sie ging zuerst in das Wohnhaus hinüber, warf einen Blick in das Krankenzimmer, wo alles unverändert war, lief dann die Bodentreppe hinauf und machte das Bett in Adrians Zimmer zurecht, damit es bereit war, falls ihm besser wurde und man ihn hinauftragen konnte. Dann ging sie zu den Fräuleins und der Gouvernante hinein, die ganz verschüchtert dasaßen und nicht imstande waren, irgend etwas vorzunehmen. Sie sagte ihnen von dem, was sie erfahren hatte, so viel, daß sie wußten, um was es sich handelte, und fragte sie, ob sie ihr nicht helfen wollten, nach dem Ring zu suchen.

Doch, da waren sie gleich dabei. Die Fräuleins und die Gouvernante übernahmen es, drinnen im Hause zu suchen, in den Zimmern und den

Bodenkammern. Jungfer Spaak begab sich in den Küchentrakt und setzte alle Mägde des Hauses in Bewegung.

Der General zeigt sich ja ebenso oft in der Küche wie im Haupthaus, dachte sie, irgend etwas sagt mir, daß der Ring sich hier draußen befindet.

Man drehte alles in Küche und Speisekammer, in der Backstube und im Brauhaus von unterst zu oberst. Man suchte in Mauerritzen und Feuerstellen, leerte die Gewürzkastenladen aus und stocherte sogar in den Mauselöchern.

Über all dem vergaß sie nicht, immer wieder über den Hof zu laufen und einen Blick in das Schlafzimmer zu werfen. Bei einem ihrer Besuche dort sah sie, daß die Baronin dasaß und weinte: »Es geht ihm schlechter«, sagte sie. »Ich glaube, er liegt im Sterben.«

Jungfer Spaak beugte sich vor, nahm Adrians kraftlose Hand in die ihre und fühlte die Pulsschläge.

»O nein, Frau Baronin«, sagte sie, »nicht schlechter, eher etwas besser.«

Es gelang ihr, die Herrin zu beruhigen, aber selbst war sie in heller Verzweiflung. Man denke, wenn der junge Baron nicht am Leben blieb, bis sie den Ring fand! In ihrer Angst vergaß sie einen Augenblick, auf sich selbst achtzugeben. Als sie Adrians Hand niederlegte, liebkoste sie sie ganz leise. Selbst war sie sich dessen kaum bewußt, aber die Baronin bemerkte es.

»*Mon dieu*«, dachte sie, »armes Kind. Steht es so? Vielleicht sollte ich ihr doch sagen … aber es bedeutet ja nichts, da wir ihn doch nicht behalten dürfen. Der General zürnt ihm, und wem der General zürnt, der muß sterben.«

Als Jungfer Spaak wieder in die Küche hinauskam, fragte sie die Mägde, ob es hier in der Gegend keinen Menschen gäbe, den man bei solchen Unglücksfällen zu holen pflegte. Mußte man denn durchaus warten, bis der Doktor kam?

Ja, anderswo schickte man ja wohl um Marit Erikstochter aus Olsby, wenn jemandem etwas zugestoßen war. Sie konnte Blut stillen und Gelenke wieder einrichten, und sie würde wohl auch Baron Adrian aus dem Todesschlummer wecken können, aber hierher nach Hedeby wollte sie sicherlich nicht kommen.

Während die Hausmagd und die Jungfer noch von Marit Erikstochter sprachen, stand die Köchin ganz oben auf einer Leiter und guckte auf das hohe Wandbrett, wo sich einmal die in Verlust geratenen Silberlöffel wiedergefunden hatten.

»Ah«, rief sie, »hier finde ich etwas, wonach ich schon lange gesucht habe! Hier liegt ja Baron Adrians alte Zipfelmütze!«

Jungfer Spaak bekreuzigte sich. Da in der Küche mußte eine schöne Ordnung geherrscht haben, bevor sie nach Hedeby gekommen war! Wie konnte Baron Adrians Zipfelmütze hier hinausgekommen sein?

»Daran ist gar nichts so Merkwürdiges«, sagte die Köchin. »Er hatte sie ausgewachsen, und da gab er sie mir, damit ich mir ein paar Topflappen daraus mache. Das ist wirklich gut, daß ich sie jetzt gefunden habe.«

Jungfer Spaak nahm ihr hastig die Mütze aus der Hand.

»Es ist schade, sie zu zerschneiden«, sagte sie, »man kann sie einem Armen geben.«

Gleich darauf nahm sie die Mütze und ging damit auf den Hof hinaus, wo sie den Staub daraus auszuklopfen begann. Während sie noch damit beschäftigt war, kam der Baron aus dem Haupthause.

»Es kommt uns vor, daß es Adrian schlechter geht«, sagte er. »Ist denn hier in der Nähe niemand, der etwas von der Heilkunst versteht?« fragte die Jungfer ganz unschuldig. Die Mägde sprechen von einer Frau, die Marit Erikstochter heißt.«

Der Baron erstarrte.

»Natürlich würde ich nicht zögern, meinen ärgsten Todfeind holen zu lassen, da es sich um Adrians Leben handelt«, sagte er. »Aber es würde nichts nutzen. Marit Erikstochter kommt nicht nach Hedeby.«

Jungfer Spaak wagte keinen Widerspruch, als ihr dieser Bescheid geworden war. Sie setzte die Suche durch den ganzen Küchenflügel fort, sorgte für das Mittagessen und erreichte es, daß auch die Baronin ein paar Bissen zu sich nahm. Der Ring war nicht gefunden worden, und Jungfer Spaak wiederholte einmal ums andere für sich selbst: wir müssen den Ring finden. Der General läßt Adrian sterben, wenn wir ihm den Ring nicht finden.

Am Nachmittag wanderte Jungfer Spaak nach Olsby hinüber. Sie ging ans eigenem Antrieb. Die Pulsschläge waren jedesmal, wenn sie bei dem Kranken gewesen war, schwächer und schwächer geworden und in längeren Zwischenräumen gekommen. Sie hatte nicht die Ruhe, auf den Doktor aus Karlstad zu warten. Es war ja mehr als wahrscheinlich, daß

Marit nein sagen würde, aber die Jungfer wollte kein Mittel unversucht lassen.

Marit Erikstochter saß, als Jungfer Spaak kam, auf ihrem gewöhnlichen Platz auf der Treppe vor dem Speicher. Sie hatte keine Arbeit in den Händen, sondern saß zurückgelehnt mit geschlossenen Augen da. Aber sie schlief nicht. Sie blickte auf, als die Jungfer gegangen kam, und erkannte sie sofort.

»Aha«, sagte sie, »schicken sie jetzt um mich aus Hedeby?«

»Hat Sie schon gehört, wie schlecht es bei uns steht, Marit?« sagte Jungfer Spaak.

»Ja, ich habe es gehört«, sagte Marit, »und ich will nicht kommen.«

Jungfer Spaak antwortete ihr mit keiner Silbe. Eine schwere Hoffnungslosigkeit senkte sich auf sie herab. Alles schlug ihr fehl, und dies war das Allerschlimmste. Sie konnte sehen und hören, daß Marit froh war. Sie hatte da auf der Treppe gesessen und sich über das Unglück gefreut, sich darüber gefreut, daß Adrian Löwensköld sterben mußte.

Bisher hatte sich die Jungfer aufrecht gehalten. Sie hatte nicht geschrien, nicht geklagt, als sie Adrian auf dem Boden ausgestreckt gesehen hatte. Sie hatte nur daran gedacht, ihm und all den anderen zu helfen. Aber Marits Widerstand brach ihre Kraft. Sie begann zu weinen, heftig und unaufhaltsam. Sie wankte zu einer grauen Stallwand, lehnte die Stirn daran und weinte und schluchzte.

Marit beugte sich ein wenig vor. Lange Zeit verwandte sie kein Auge von dem armen Mädchen.

»Ach so, steht es so um sie?« dachte sie.

Aber während Marit noch so dasaß und sie betrachtete, die die Tränen der Liebe um den Geliebten weinte, ging in ihrer eigenen Seele etwas vor.

Sie hatte vor ein paar Stunden erfahren, daß der General Adrian erschienen war und ihn fast zu Tode erschreckt hatte, und sie hatte sich gesagt, daß die Stunde der Rache endlich gekommen war. Darauf hatte sie seit vielen Jahren gewartet, aber immer vergebens. Rittmeister Löwensköld war in die Grube gefahren, ohne daß irgendeine Strafe ihn getroffen hatte. Freilich war der General, seit sie den Ring nach Hedeby geschafft hatte, dort umgegangen und hatte gespukt, aber es hatte den Anschein gehabt, als brächte er es doch nicht übers Herz, sein eigen Fleisch und Blut mit der gewohnten Grausamkeit zu verfolgen.

Aber nun war das Unglück über ihnen, und gleich kamen sie zu ihr, um Hilfe zu erbitten. Warum gingen sie nicht lieber gleich zu den Toten auf dem Galgenhügel?

Es tat ihr wohl, zu sagen: Ich komme nicht. Das war ihre Art, Rache zu nehmen.

Aber als Marit das junge Mädchen so stehen und weinen sah, den Kopf an die Wand gepreßt, erwachte eine Erinnerung in ihr. »So habe ich auch dagestanden und habe geweint, an die harte Mauer gelehnt. Ich hatte keinen Menschen, auf den ich mich stützen konnte.«

Und damit brach der Quell der Jugendliebe wieder in Marit auf und erfüllte sie mit seiner heißen Flut. Staunend saß sie da und sagte zu sich selbst: »So fühlte man es damals. So war es, einem gut zu sein. Ein so süßes und starkes Gefühl war es.«

Sie sah den jungen, fröhlichen, starken, schönen Paul Eliasson vor sich. Sie gedachte seines Blickes, seiner Stimme, sie erinnerte sich an jede seiner Bewegungen. Ihr ganzes Herz war von ihm erfüllt.

Marit glaubte, daß sie ihn all die Zeit geliebt hatte, und das hatte sie wohl auch. Aber wie waren die Gefühle in den langen Jahren doch kühl geworden! Jetzt, in diesem Augenblick, brannte ihre Seele wieder in voller Glut.

Aber während die Liebe so in ihr erwachte, erinnerte sie sich auch an den furchtbaren Schmerz, den es einem Menschen bereitet, den Geliebten zu verlieren.

Marit sah zu Jungfer Spaak hinüber, die noch immer dastand und weinte. Nun wußte Marit, wie ihr zumute war. Eben erst hatte die Kühle der Jahre auf ihr gelegen. Da hatte sie vergessen, wie das Feuer brennt, jetzt wußte sie es. Sie wollte nicht die Ursache sein, daß jemand das leiden mußte, was sie selbst gelitten hatte, und sie stand auf und ging zu der Jungfer hin.

»Komm' Sie, ich werde mit Ihr gehen«, sagte sie ganz kurz.

Jungfer Spaak kam also mit Marit Erikstochter nach Hedeby zurück. Den ganzen Weg hatte Marit kein Wort gesprochen. Die Jungfer sagte sich später, daß sie im Gehen wohl darüber nachgedacht hatte, wie sie es anstellen sollte, den Ring zu finden.

Die Jungfer ging mit Marit geradewegs auf den Haupteingang zu und führte sie in das Schlafgemach. Da war alles unverändert. Adrian lag da, schön und bleich, aber still wie ein Toter, und die Baronin saß daneben und bewachte ihn, ohne sich zu regen. Erst, als Marit Erikstochter an das Bett trat, sah sie auf.

Aber kaum hatte sie die Frau erkannt, die dastand und den Sohn ansah, als sie vor ihr zu Boden sank und das Gesicht an ihren Rock drückte.

»Marit, Marit«, sagte sie. »Denk' nicht an all das Böse, das die Löwenskölds dir zugefügt! Hilf ihm, Marit! Hilf ihm!«

Die Bäuerin wich ein wenig zurück, aber die arme Mutter schleppte sich ihr auf den Knien nach.

»Du weißt nicht, welche Angst ich gehabt habe, seit der General hier umzugehen begann. Die ganze Zeit habe ich gebebt und gewartet. Ich wußte, daß sein Groll sich jetzt gegen uns kehren würde.«

Marit stand still. Sie schloß die Augen und schien in sich selbst zu versinken. Jungfer Spaak war sicher, daß es ihr wohl tat, die Baronin von ihren Leiden sprechen zu hören.

»Ich wollte zu dir gehen, Marit, und vor dir auf die Knie fallen, wie ich es jetzt tue, und dich bitten, den Löwenskölds zu verzeihen. Aber ich wagte es nicht. Ich glaubte, es sei dir unmöglich, zu verzeihen.«

»Die Frau Baronin soll mich auch nicht bitten«, sagte Marit. »Denn es ist so: ich kann nicht verzeihen.«

»Aber nun bist du doch hier.«

»Ich bin der Jungfer zuliebe gekommen, weil sie mich gebeten hat.«

Damit trat Marit an den anderen Rand des breiten Bettes. Sie legte ihre Hand auf die Brust des Kranken und murmelte einige Worte. Dabei runzelte sie die Stirn, wölbte die Augen vor und zog den Mund zusammen. Jungfer Spaak fand, daß sie sich gerade so anstellte, wie andere weise Frauen.

»Er wird am Leben bleiben«, sagte Marit. »Aber die Frau Baronin muß sich wohl merken, daß ich ihm einzig und allein der Jungfer zuliebe helfe.«

»Ja, Marit«, antwortete die Baronin, »das werde ich nie vergessen.«

Es kam der Jungfer vor, als ob die Herrin etwas hinzufügen wollte, aber sie unterbrach sich und biß die Lippen hart aufeinander.

»Und nun lassen Frau Baronin mir freie Hand.«

»Du kannst tun und lassen, was du willst, Marit, der Baron ist fort. Ich habe ihn gebeten, dem Doktor entgegenzureiten, damit er rascher kommt.«

Jungfer Spaak hatte erwartet, daß Marit Erikstochter irgendwelche Versuche machen würde, den jungen Baron aus seiner Betäubung zu wecken, aber zu ihrer großen Enttäuschung tat sie nichts dergleichen.

Marit verlangte vielmehr, daß man alle Kleider Baron Adrians herbeischaffe, sowohl diejenigen, die er jetzt trug, wie solche, die er in früheren Jahren benutzt hatte, und die etwa noch vorhanden waren. Sie wollte alles sehen, was er einmal am Leibe gehabt hatte, Strümpfe und Hemden, Handschuhe und Mütze.

An diesem Tage tat man auf Hedeby nichts anderes als suchen. Obgleich Jungfer Spaak darüber seufzte, daß Marit nichts andres zu sein schien, als eine gewöhnliche »weise Frau« mit den gewöhnlichen Zauberkünsten, beeilte sie sich doch, aus Truhen und auf Dachböden, aus Laden und Schränken, alles hervorzukramen, was dem Kranken gehört hatte. Die jungen Fräuleins, die recht gut Bescheid wußten, was Adrian getragen hatte, waren ihr behilflich, und sie kamen recht bald mit einem ganzen Pack Kleider zu Marit hinunter.

Marit breitete die Sachen auf dem Küchentisch aus und prüfte jedes einzelne Stück genau. Ein paar alte Schuhe legte sie beiseite, ebenso ein paar kleine Fäustlinge und ein Hemd. Unterdessen murmelte sie eintönig und unablässig: »Ein Paar für die Füße, ein Paar für die Hände, eins für den Körper und eins für den Kopf.«

»Ich muß noch etwas für den Kopf haben«, sagte sie plötzlich mit ihrer gewöhnlichen Stimme. »Ich muß etwas haben, was warm und weich ist.«

Die Jungfer zeigte ihr die Hüte und Kappen, die sie hervorgeholt hatte.

»Nein, es muß etwas sein, das warm und weich ist«, sagte Marit. »Hatte Baron Adrian nicht auch eine Zipfelmütze wie andere Buben?«

Die Jungfer wollte gerade sagen, daß sie keine gesehen hätte, aber die Köchin kam ihr zuvor.

»Ich hab' doch heute vormittag seine alte Zipfelmütze auf dem Wandbrett dort drüben gefunden, aber die Jungfer hat sie mir weggenommen.«

So in die Enge getrieben, mußte Jungfer Spaak mit der Zipfelmütze herausrücken, die sie nie hatte hergeben, sondern als ein teures Andenken bis zum Ende ihrer Tage hatte behalten wollen.

Als Marit die Zipfelmütze bekommen hatte, begann sie wieder ihre Litanei zu murmeln, aber jetzt war ein anderer Ton in der Stimme. Es klang so, wie wenn eine Katze vor Vergnügen schnurrt.

»Nun«, sagte Marit, nachdem sie lange mit der Mütze dagestanden und in sie hineingemurmelt und sie hin und her gedreht hatte, »nun ist nichts mehr nötig. Aber all dies muß in das Grab des Generals gelegt werden.«

Aber als Jungfer Spaak dies hörte, war sie ganz verzweifelt.

»Wie kann Sie glauben, Marit, daß der Baron das Grab öffnen läßt, um solchen alten Plunder hineinzulegen?« sagte sie.

Marit sah sie an und lächelte ein wenig. Sie nahm Jungfer Spaak bei der Hand und zog sie an ein Fenster, so daß sie all den anderen in der Küche den Rücken kehrten. Hierauf hielt sie der Jungfer Adrians Mütze vor die Augen und zerteilte mit den Fingern die Fäden der großen Troddel.

Nicht ein Wort sagte sie, und nicht ein Wort sagte Jungfer Spaak, aber die Jungfer war totenbleich, als sie sich in das Zimmer zurückwendete, und ihre Hände zitterten.

Marit machte aus den ausgewählten Sachen ein kleines Bündel und übergab es der Jungfer.

»Jetzt habe ich das Meinige getan«, sagte sie, »nun müßt ihr andern dafür Sorge tragen, daß dies in das Grab hinunterkommt.«

Damit ging sie.

* *
*

Jungfer Spaak wanderte ein wenig nach zehn Uhr abends zum Kirchhof hinauf. Sie hatte Marits Bündelchen mitgenommen, aber im übrigen war es nichts anderes als eine Wanderung aufs Geratewohl. Wie es ihr gelingen sollte, die Sachen in das Grab des Generals hinunterzubringen, davon hatte sie keine Ahnung.

Baron Löwensköld war gleich, nachdem Marit fortgegangen war, in Begleitung des Doktors herangeritten gekommen, und die Jungfer hatte gehofft, daß der Arzt Adrian ins Leben zurückrufen konnte, ohne daß sie etwas weiteres in der Sache zu tun brauchte. Aber der Doktor hatte sofort erklärt, daß er nichts machen konnte. Er sagte, daß der junge Mann nur mehr einige Stunden zu leben hätte.

Da hatte Jungfer Spaak das Bündel unter den Arm genommen und sich auf den Weg gemacht. Sie wußte, daß es keine Möglichkeit gab, Baron Löwensköld zu bewegen, die Grabplatte abheben und das zugemauerte Grab öffnen zu lassen, nur um ein paar von Baron Adrians alten Kleidungsstücken hineinzulegen.

Wenn sie ihm gesagt hätte, was sich wirklich in dem Bündel befand, dann wußte sie, daß er den Ring sofort seinem rechtmäßigen Besitzer zurückgegeben hätte; aber damit würde sie einen Verrat an Marit Erikstochter begangen haben.

Denn sie zweifelte nicht daran, daß es Marit gewesen war, die einstmals den Ring nach Hedeby geschafft hatte. Baron Adrian hatte ja erwähnt, daß Marit einmal seine Mütze ausgebessert hatte. Nein, die Jungfer wagte es nicht, den Baron über den wahren Sachverhalt aufzuklären.

Jungfer Spaak wunderte sich später selbst, daß sie an jenem Abend keine Angst verspürt hatte. Aber sie stieg über die niedere Kirchhofmauer und ging zu dem Löwensköldschen Grabe, ohne an etwas anderes zu denken, als wie sie den Ring hinunterbringen könnte.

Sie setzte sich auf die Grabplatte und faltete die Hände zum Gebet. »Wenn Gott mir nicht hilft«, dachte sie, »so wird das Grab wohl geöffnet werden, aber nicht um des Ringes willen, sondern für einen, den ich ewig betrauern werde.«

Mitten im Gebet bemerkte die Jungfer eine kleine Bewegung im Grase, das den niedrigen Grabhügel bedeckte, auf dem der Grabstein ruhte. Ein kleines Köpfchen lugte hervor und verschwand wieder, als die Jungfer zusammenzuckte. Denn Jungfer Spaak hatte ebensoviel Angst vor Ratten wie die Ratten vor ihr. Aber dies rief in der Jungfer eine plötzliche Eingebung wach. Sie ging geradewegs zu einem großen Fliederbusch, brach einen langen, dürren Ast ab und steckte ihn in das Rattenloch hinunter.

Sie steckte ihn zuerst senkrecht hinab, aber da stieß sie sofort auf Widerstand. Dann versuchte sie ihn schräg nach abwärts zu führen, und da drang er weit hinunter in der Richtung des Grabes. Sie wunderte sich, wie tief er eindrang. Die ganze Gerte verschwand. Sie zog sie hastig wieder hinauf und maß sie an ihrem Arm. Sie war drei Ellen lang, und sie war ihrer ganzen Länge nach in die Erde versenkt gewesen. Dieser Zweig mußte drunten in der Grabkammer gewesen sein.

Jungfer Spaak war in ihrem ganzen Leben nicht so ruhig und geistesgegenwärtig gewesen. Sie begriff, daß die Ratten sich einen Weg in das Grab hinunter gebahnt haben mußten. Es war vielleicht ein Spalt in der Mauer gewesen, oder auch war irgendein Ziegelstein verwittert.

Sie legte sich flach auf den Boden, riß ein Rasenstückchen los, grub die lockere Erde aus und steckte den Arm hinein. Sie kam ohne Hindernis tief hinunter, aber doch nicht ganz bis zu der Mauer. Der Arm reichte nicht.

Da knüpfte sie ganz geschwind das Bündel auf und nahm die Mütze hervor. Sie wand sie um den Ast und versuchte sie langsam in das Loch zu schieben. Bald war sie verschwunden. Sie schob nun den Stecken ebenso langsam und vorsichtig immer tiefer und tiefer hinunter. Da plötzlich, als er fast gänzlich unten in der Erde war, fühlte sie, wie er ihr mit einem heftigen Ruck aus der Hand gerissen wurde. Er rutschte in das Loch hinunter und verschwand.

Es konnte ja möglich sein, daß er nur durch seine eigene Schwere gefallen war. Aber sie war ganz sicher, daß er ihr entrissen worden war.

Und jetzt bekam sie endlich Angst. Sie nahm all das andere, das noch im Bündel war, und stopfte es in das Loch hinunter, legte Erde und Rasen zurecht, so gut sie konnte und lief auf und davon. Sie ging nicht einen Schritt, sondern sie lief den ganzen Weg bis nach Hedeby.

Als sie auf den Hof kam, standen der Baron und die Baronin auf der Vortreppe. Sie kamen ihr eifrig entgegen.

»Wo ist die Jungfer gewesen?« fragten sie sie. »Wir stehen hier und warten auf Sie.«

»Ist Baron Adrian tot?« fragte Jungfer Spaak.

»Nein, er ist nicht tot«, sagte der Baron, »aber sage uns die Jungfer jetzt zuerst, wo Sie gewesen ist!«

Die Jungfer konnte kaum sprechen, so atemlos war sie, aber sie erzählte von dem Auftrag, den Marit ihr gegeben hatte, und sagte, daß es ihr gelungen sei, wenigstens eines der Stücke durch ein Rattenloch in das Grabgewölbe hinunterzubringen.

»Das ist sehr merkwürdig, Jungfer Spaak«, sagte der Baron, »denn Adrian geht es wirklich besser. Er ist vor einem kleinen Weilchen aufgewacht, und seine ersten Worte waren: › *Jetzt hat der General den Ring bekommen.*‹«

»Das Herz schlägt wieder wie gewöhnlich«, sagte die Baronin. »Und er will durchaus mit der Jungfer sprechen. Er sagt, daß die Jungfer ihn gerettet hat.«

Sie ließen Jungfer Spaak allein zu Adrian hineingehen. Er saß aufrecht im Bett und breitete die Arme aus, als er sie sah.

»Ich weiß es, ich weiß es schon!« rief er. »Der General hat den Ring bekommen, und das ist das Verdienst der Jungfer.«

Jungfer Spaak lachte und weinte, wie sie so in seinen Armen lag, und er küßte sie auf die Stirn.

»Ich danke der Jungfer mein Leben«, sagte er. »Ich wäre in diesem Augenblick ein kalter Leichnam, wenn die Jungfer nicht gewesen wäre. Man kann für so etwas nie genug danken.«

Das Entzücken, mit dem der junge Mann sie begrüßt hatte, hatte die arme Jungfer Spaak vielleicht dahin gebracht, allzu lange in seinen Armen liegen zu bleiben. Er beeilte sich, hinzuzufügen:

»Und nicht nur ich danke der Jungfer, auch noch wer anderer.«

Und er zeigte ihr ein Medaillon, das er am Halse trug. Jungfer Spaak unterschied undeutlich das Miniaturporträt eines jungen Mädchens.

»Die Jungfer ist nach den Eltern die erste, die es erfährt«, sagte er. »Wenn sie in ein paar Wochen nach Hedeby kommt, wird sie der Jungfer noch besser danken, als ich es vermag.«

Und Jungfer Spaak knickste vor dem jungen Baron zum Dank für sein Vertrauen. Sie hätte ihm sagen wollen, daß sie nicht in Hedeby zu bleiben gedachte, um seine Braut zu begrüßen. Aber sie besann sich noch zur rechten Zeit. Ein armes Mädchen muß sich hüten, sich einen guten Posten zu verscherzen.